KB026758

맹탐정 고민 상담소

❸ 비밀은 새는 중

이선주 장편소설

문학동네

| 차례 |

야, 이거 비밀인데

도시 학교에서 전학은 별일 아닐지도 모른다. 하지만 산이군에 사는 우리에게는 전학생이 신기하기만 하다. 지난 2년간 전학 간 친구는 미국으로 간 인혜까지 다섯 명이나 돼도 전학 온 친구는 한 명도 없었다.

그런데 지난 4월 인천에서 전학생이 왔다. 쉬는 시간에 아이들이랑 영화 이야기를 하는데 끼어들어서는 "여기에도 영화관이 있어?"라고 물을 정도로 한심한 아이였다. 물론 산이군에 영화관은 없다. 영화는 정주시에 나가서 봤다. 기분이 상한 아이들이 대답을 안 하자 전학생은 순진한 표정으로 "진짜 있어?" 하며 우리가 대답할 때까지 물었다.

이로써 두 가지 사실을 알 수 있었는데 전학생은 시골에 대한

편견을 갖고 있다는 것과 눈치가 없다는 것이다. 하나는 있고 하나는 없었으니, 꽤 공평한 아이라는 것도 알 수 있었다.

전학생은 검은 뿔테 안경을 썼고 키가 컸다. 서른 번째 연애 상대로 고려해 보려다가도 눈치가 없다는 게 걸렸다. 눈치가 없으면 우리 아빠처럼 될 확률이 높았다.

엄마가 나에게 늘상 하는 말 중에 남자 보는 눈이 없다 싶으면 혼자 사는 것도 방법이란 말이 있다. 아니 남자 보는 눈이 있어도 혼자 사는 게 낫다고 했나? 그럼 할머니가 조용히 고개를 끄덕인다.

"엄마, 엄마가 아빠랑 결혼 안 했으면 내가 태어나지도 못했을 거잖아. 그러니까 그런 말 좀 그만해."

내가 말하면 엄마는 "지 아빠 편들기는." 한다. 나는 아빠 편을 드는 게 아니라 내 존재의 의미에 대해 말하는 거였다.

가끔 엄마가 제주도에 갔을 때가 그립기도 했다. 할머니도, 아빠도 그런 생각이 종종 드는지 "쉬고 싶으면 언제든지 말해."라는 말을 자주 했다.

"어머님, 또 가고 싶은 마음이야 굴뚝같죠. 제주도 바다 색이 얼마나 예쁜지. 피카소가 와도 그런 색은 못 낼 거예요."

"피카소는 원래 예쁜 바다 색보다는 인간 정신에 깃든 광기라든가……."

"아빠, 지금 그런 말 할 상황이 아니야. 눈치 좀 챙겨."

내가 아빠를 말리는 틈에 할머니가 재빨리 말을 이었다.

"그래그래, 에미야. 올해도 또 다녀와라."

"어머님. 작년에 제가 제주도에 있을 때 카페 수익이 얼마였는지 아세요? 성수기 중의 성수기였는데 이익은커녕 마이너스였던 거 기억나시죠? 애들은 뭐 돈 없이 물만 먹고 크나요."

이게 일반적인 전개였는데 얼마 전, 할머니가 폭탄선언을 했다. 더 이상은 이렇게 못 살겠다고 한 것이다. 그동안은 애비가 제구실을 못 하니 당신이라도 일손을 덜어 줄 생각에 같이 살았지만 이제는 그런 상황이 아니니 작은 집을 얻어 나가겠다고 했다.

"어머님, 갑자기 그러시면……."

"엄마, 왜 그래?"

"할머니, 그럼 저도 데려가세요."

할머니가 단호하게 고개를 저었다.

"칠십 평생을 남들 뒤치다꺼리만 하면서 살았다. 이젠 좀 조용히 살고 싶어. 밤마다 클래식 틀어 놓고 와인도 마시고, 먹고 싶을 때 먹고 자고 싶을 때 자고, 뭣보다 혼자 있고 싶어. 지금이 아니면 내가 언제 또 혼자 살아 보겠어? 당장 내일 죽어도 이상하지 않을 나이인데."

할머니의 결정은 단호했다. 엄마가 말리려는 낌새만 보여도 "그럼 에미랑 애비가 나가든지. 이사하기도 귀찮았는데 잘됐네."라고 해서 엄마의 입을 막았다. 그리고 며칠 지나 할머니가 이미 집을 구해 놓았다는 사실을 알았다.

명해 씨가 살고 있는 빌라 3층.

할머니는 치밀했다. 엄마와 아빠는 할머니의 늦은, 늦어도 너무 늦은 독립을 받아들일 수밖에 없었다. 하지만 나는 아니었다. 아빠가 돌아오고 난 후 조금 까칠해지긴 했지만 그래도 나에게는 이 집에서 유일하게 기댈 수 있는 사람이 할머니였으니까. 할머니 없이 엄마 아빠 나와 맹뜰이만 사는 집은 상상이 가지 않았다.

아빠가 돌아오고 나서 엄마가 집을 나갔다 돌아온 데에 이어 할머니까지 집을 나가게 되자 조금 이상한 생각이 들기는 했다.

"아빠, 아빠에게 사람을 밀어내는 기운이 있는 건 아닐까?"

내 말에 아빠가 한 3초쯤 멈칫했다.

"……고양이도?"

아빠가 조심스레 물었다.

작년 겨울을 지나면서 우리 가족에게 고양이가 생겼다. 우와, 부럽다, 고 할 사람들이 떠오른다. 미리 말하자면, 나는 고양이를 좋아하지 않는다. 작년 겨울쯤 우리 집 근처에 어슬렁어슬렁 나타나 먹을 걸 달라며 자꾸 행패를 부리기에 어쩔 수 없이, 무서워서 몇 번 밥을 주었을 뿐이다.

근데 어느 날부터 자꾸 몸집이 커졌다. 저러다 배가 터져 죽지 않을까(과장이 아니다.) 겁이 나서 어쩔 수 없이 미행을 시작했다. 그랬더니 정육점이며 마트에 가서, 우리 집 앞에서 한 것처럼 행패를 부리는 게 아닌가. 장사를 해야 하는데 고양이가 자꾸 행패를 부리니까 다들 이거 먹고 떨어져라, 라는 심정으로 밥을 주고 있었다. 이 과정에서 정육점 아줌마한테 '고양이 확대범'이라고 했다가 자신을 '고양이 학대범'으로 몰았다며 욕을 바가지로 먹었다.

그리하여 오로지 인도적인 차원에서 고양이를 집으로 데려왔다가, 엄마가 집에서는 절대 키울 수 없다고 해서 2층 아빠 서점으로 내려보냈다. 아빠는 고양이를 보자마자 좋아서 끌어안고 뽀뽀하고 난리를 치다가 냥냥펀치를 몇 대 맞고 가까스로 정신을 차렸다.

이곳에서 나를 빼 줘, 구해 줘. 고양이가 나를 향해 구조신호를 보냈다. 그러나 나는 모른 척 아빠 곁에 고양이를 두고 나왔다. 너도 고생 좀 해 봐라. 곧 먹을 걸 달라며 깡패짓 하고 다닌 걸 후회하게 될 거다, 라고 속으로 말했다.

내가 고양이에게 지어 준 이름은 '거냥이'인데 아빠가 새로 이름을 지었다.

키티프린스, 줄여서 키프.

그때만큼 고양이가 불쌍하게 느껴진 적이 없다. 아무리 말 못

하는 동물이라지만 키프라는 이름은 너무했다. 게다가 회색에 몸집이 뚱뚱하고 수염이 난 고양이에게 키티프린스라니…….

키프는 서점에 살며 손님이 오면 책장 위로 피했다가 손님이 가면 자유롭게 활보했고, 아빠가 자신을 만질 것 같으면 선제공격을 했다.

그러니까 나, 맹탐정은 '노트'에 이런 이야기들을 적는 걸 좋아한다. 몰라도 사는 데 지장이 없지만 알면 재밌는, 아주 사소한 일상들.

세상에는 정말 많은 사람들이 살고 나 하나쯤은 우주의 먼지조차 되지 않을 텐데, 내가 어떤 생각을 하고 뭘 먹고 어떤 감정을 느끼는지가 무슨 대수일까?

그런데 우리 모두가 그렇지 않나.

세상에 강력한 영향을 미치는 소수의 사람들이 있지만 모두가 그들의 삶만 들여다본다면, 얼마나 재미없을까. 세상의 재미를 위해, 그래 오로지 그거 하나만을 위해서 나는 내 이야기를 묵묵히 기록해 나간다.

그리고 재미 중의 재미는 바로 남의 비밀을 엿보는 재미다!

누군가 "야, 이거 비밀인데……."로 말을 시작하면 귀가 쫑긋해진다. 뭔가 대단한 걸 알게 될 것 같은 기대감 때문에. 마치 선물상자 같다. 뭐가 들었을까 기대하는 마음으로 상자를 열면, 때로는 마음에 드는 선물이, 때로는 전혀 원하지 않는 선물이 들어 있기도 하다. 어떤 비밀은 알고 싶지 않다.

알고 나면 알기 전으로 돌아갈 수 없을 것 같아서.

그러나 알고 싶지 않다고 꼭 그럴 수 있는 건 아니다. 일단 들어봐야 내가 알고 싶었던 비밀인지 아닌지를 알 수 있기 때문이다. 알고 싶지 않은 비밀일 땐 받고 싶지 않은 선물을 떠맡았을 때처럼, 내가 갖지도 못하고 남에게 주지도 못한 채 어정쩡한 상태로 있을 수밖에 없지만.

베일에 싸인 전학생의 등장과 함께 밀려온 비밀의 파도가 산이군을 뒤흔들기 시작했다.(는 솔직히 과장이다. 산이군은 잠잠했다. 나와 용우, 반 친구들 정도만 살짝 들썩였을 뿐. 어느 때에나 그랬듯이 말이다.)

너넬 믿는 게 아니었어

병률이란 이름은 좀 촌스럽다고 생각했다. 거기다 성이 맹씨라면!

맹병률이 전학 오자마자 당연하게도 아이들은 "맹탐이랑 둘이 친척이야?" 하고 물었다. 산이중학교는 학년별로 반이 하나밖에 없다. 즉, 3년 내내 같은 반이라는 뜻이다. 해서 맹탐정은 애들의 수준을 잘 알고 있었다.

"너희가 그런 말을 하는 게 놀랍진 않지만, 조금만 상식적으로 생각해 봐라. 맹씨라고 다 친척이겠냐? 아무리 희귀 성씨라도."

애들이 진지한 얼굴로 고개를 끄덕여서 맹탐정은 설명할 의욕을 잃었다. 그러나 이후 당연하다는 듯 둘은 친척이라고 불렸다. 그래 사실이 뭐가 중요할까. 남매라고 안 하는 게 어디냐 싶었다.

전학생은 중학교 3학년이 아니라 고등학교 3학년처럼 보였다. 키도 컸고 변성기가 이미 지난 저음의 목소리는 또래 애들과 달리 어른 같았다. 그래서 처음엔 애들도 같은 반 친구라기보다는 형이나 오빠 대하듯 했는데 한 달 정도 지나자 키가 아깝다는 얘기가 들려왔다.

무엇보다 매력이 없었다. 이런 말 하면 정말 미안하지만, 어떤 사람은 한 시간만 봐도 다 안 것 같은 기분이 든다.(물론 이런 예감은 자주 틀린다.) 전학생이 딱 그런 스타일이었다. 맹탐정도 전학생이 매력이 없어서 속상했다. 물론 전학생의 잘못이 아니란 건 안다. 전학생이 전학생처럼 태어난 걸 잘못이라고 할 수는 없으니까. 그래도 어렵게, 아주 어렵게 전학 온 애가 이상형과 거리가 멀어서 섭섭했다는 말은 여기에라도 꼭 해야겠다.

"뭐야? 왜 옷 안 갈아입어?"

전학생이 교실 문을 열고 들어오며 말했다. 전학생은 작업복을 입고 있었다. 멜빵이 달려 있고 바지부터 장화까지 하나로 이어진, 양식장이나 수산시장에 가면 자주 볼 수 있는 옷이었다.

어디서 샀을까? 전학생이 인터넷에서든 시장에서든 작업복을 구하려고 노력하는 모습을 상상하자 헛웃음이 나왔다.

"오늘 전복미역국 해 먹는다며? 이러다 언제 점심 먹어? 어?"

아휴, 한숨이 나왔다. 진짜 할 말이 없다.

* 내일 점심 메뉴

전복미역국

주의 : 전복 따는 데 빠지기 없기. 얌체짓 금지!

칠판엔 이렇게 적혀 있었다.

"야, 맹병률. 너 진짜 어디 모자라냐?"

맹병률이 눈치를 요리조리 살피더니 "그렇지? 장난이지? 당연히 나도 알았지. 진짜 너네 장단 맞춰 주기 너무 힘들다, 아하하." 웃었다. 로봇인 줄 알았다.

너무 바쁘다.

맹병률 정신교육도 시켜야 하고 책방 도둑도 잡아야 한다. 서울대 출신이 직접 문제집 골라 주는 서점 말이다.

아빠가 점심을 먹으려고 잠시 자리를 비운 사이에 책방이 난장판이 되었다고 했다. 첨엔 키프가 난동을 피운 건가 했는데 다시 생각해 봐도 그건 아니었다. 키프는 우아하고 고상한 고양이였다. 반려인이 없는 사이에 책을 뒤엎고 서랍을 뒤죽박죽으로 만들어 놓을 고양이가 아니다. 솔직히 말하자면, 키프에게 악의는 이미 충분했다. 다만 귀찮은 걸 몹시 싫어하는 성격이라 굳이 그런 짓을 하진 않았을 거다.

"아빠, 그래서 뭘 훔쳐 갔는데?"

"아아 그게……."

"그게 뭐?"

"그게 있잖아……."

"아 뭔데 그래? 엄마한텐 말 안 할 테니까 말해 봐."

"……모르겠어."

맹똘이였음 한 대 때렸다. 아빠랑 있으면 자주 내 안의 폭력성을 확인하게 된다.

"그럼 도둑이 든 게 아니잖아요?"

"아니 근데 뭐가 없어지긴 했어."

"뭐가?"

"그걸, 그걸 모르겠어."

긴 한숨이 새어 나왔다. 정말이지 엄마를 존경하지 않을 수가 없다.

"정식으로 의뢰할게. 책 열 권. 가격 상관없이."

그럼에도 불구하고 오랜만에 들어온 정식 의뢰가 반가웠다.

"알았어. 말 바꾸기 금지."

그렇지만 잃어버린 물건이 뭔지를 알아야 찾을 것 아닌가.

맹탐정은 책방을 구석구석 살폈다. 키프가 노려봤지만 어쩔 수 없었다. 키프는 아빠랑 살게 된 이후로 성격이 더 나빠진 것 같다.

"솔직히 말해 봐, 너 아빠랑 같이 살기 싫지? 차라리 길거리가 낫지?"

키프가 도도한 자세로 지나갔다. 닮고 싶은 태도지만 얄밉기도 했다.

"아빤 뭘 잃어버렸는지 생각해 봐. 그게 우선이야."

그나저나 맹병률은 왜 여기까지 전학 온 것일까? 맹병률의 말로는 아빠가 1년간 안식년을 얻어서 고향에 내려온 거라는데 정말일까? 하와이나 발리, 뉴욕이 아니라 산이군으로 안식년을?

"아빠, 근데…… 혹시 맹병률 아빠, 무슨 범죄 저지르고 온 건 아니겠지?"

"너도 그 생각 했어? 내가 봐도 뭔 짓을 저지른 거야. 사기 쳤나?"

아빠가 순순히 동의하자 이건 아닐 거란 생각이 들었다.

맹탐정은 요즘 뉴스에 많이 나오는 학교 폭력을 가장 먼저 떠올렸다. 피해자? 가해자? 느낌상 가해자는 아닐 것 같았다. 것도 아니면 성적이 너무 떨어져서 농어촌전형을 노리고 이곳에?

"아무튼 뭐 잃어버렸는지 알아내면 말해 줘."

책방을 나오는데 키프가 간절한 눈빛으로 맹탐정을 쳐다봤다. 구해 줘. 그러나 냉정히 돌아섰다. 누구나 인생에서 감당해야 할

짐 덩어리는 있는 법이니까.

"키프야, 키프야."

등 뒤로 키프를 부르는 아빠 목소리가 들렸다.

맹병률은 뜨거운 불판의 버터처럼 학교생활에 잘 녹아들었다. 전학 온 지 벌써 한 달이 훌쩍 지났다.

두 장우가 맹병률을 둘러싸고 있었다.

"인스타그램에 올라온 사진 뭐야? 여자친구야?"

SNS의 노예답게(스스로는 인플루언서라고 말하지만, 팔로워 수가 500명이 채 되지 않는다. 프로필 문구엔 이렇게 씌어 있다. 맞팔 100프로.) 맹병률의 SNS부터 살핀 거다.

"친구야."

"소개해 주라."

맹병률이 두 장우를 차례로 바라봤다. 그러곤 휴 한숨을 내쉬었다.

"양심 좀 챙겨라."

"왜? 우리 얼굴이 어때서?"

"바로 그거야. 너네들이 차은우처럼 생겼어 봐. 양심 얘기에 얼굴 얘기부터 하겠냐."

두 장우도 양심은 있는지 반박은 안 했다.

"차은우? 뭐? 우리가 걔보다 못한 게 뭔데?"

역시 양심 따윈 없었다.

두 장우의 얘기 때문에 맹병률의 인스타그램에 들어가 봤다. 맹병률은 인간관계가 꽤 좋은 편인 것 같았다. 팔로워는 얼마 안 됐지만 좋아요 수도 많고 댓글도 많았다. 특히 여자친구들이 많은 것 같았다. 두 장우가 치근거린 이유를 알 것 같았다.

- 이렇게 갑자기?

- 무슨 일이야? 왜 전학 간 거야?

- 우리 아빠가 그러는데 아저씨 로펌도 그만뒀다는데? 1년간 안식년 갖는다고.

- 네가 전학 가자고 졸랐다며? 아저씨가 네 걱정 많이 하신대.

댓글만 봐도 맹병률의 전학은 갑작스런 일이란 걸 알 수 있었다. 왜 전학을 왔을까? 누가 자기의 사생활을 캔다는 게 뭐 썩 유쾌한 일은 아니란 걸 안다. 그래, 솔직히 불쾌한 일이다. 그런데도 뭔가 비밀이 있는 것 같으면 알고 싶어지는 것 또한 인간의 본성이 아닐까.

"전학 온 이유가 뭐야?"

그래서 단도직입적으로 물었다. 그럼 덜 음흉해 보일 것 같아서.

"네가 뭔 상관이야?"

맹병률은 전복 잡는다고 작업복을 입고 왔던 어수룩한 모습과는 달리 꽤 단호한 면이 있었다.

"상관은 없지."

맹탐정이 고개를 끄덕였다.

"그런데 말이야, 세상에서 사람을 가장 미치게 만드는 게 뭔지 알아?"

"궁금증은 아니겠지."

보통이 아니네. 그러나 맹탐정도 보통은 아니었다. 이왕 속내를 들킨 바에야 참을 필요가 없다.

"솔직히 말해 봐. 너, 누구 때렸냐? 사고 치고 내려온 거지?"

맹병률이 한숨을 내쉬었다.

"아빠가 고향에 가서 쉬고 싶다고 해서 그냥 따라온 거야."

"엄마는?"

맹병률의 얼굴에 당혹감이 스쳤다. 혹시 말 못 할 사연이 숨겨져 있을까? 머릿속이 암전되는 것 같았다. 두 장우의 표정이 심상치 않았다.

"사생활 침해라고 생각해, 나는."

맹병률이 잘라 내듯 말했다.

"야, 너 좀 그렇다."

두 장우 중 김장우가 맹탐정의 어깨를 툭 치며 말했다. 그러곤 맹병률이 자리에서 일어선 틈을 타서 재빨리 "이혼."이라고 귓속

말을 했다.

나는 왜 이렇게 눈치가 없을까. 아빠의 딸이라서 그런 걸까? 유전의 저주에서 벗어날 순 없는 걸까? 맹탐정은 자책했다.

"뻥이야."

"이게 진짜."

"아, 진짠데."

김장우 이장우와 같이 지내면서 제정신을 유지하기란 여간 어려운 게 아니다. 그런 면에서 맹탐정은 두 장우를 스승처럼 생각하고 있었다. 멘털 스승.

두 장우가 떠난 후에 핸드폰을 꺼내서 맹병률의 인스타그램을 다시 살폈다. 역시나 엄마 이야기는 없었다. 페이스북에도. 물론 엄마 이야기를 SNS에까지 굳이 할 필요는 없다. 그런데 아빠 욕은 간간이 있는데 엄마 욕은 없는 게 이상하다.

학교 끝나자마자 아빠한테 갔다.

웬일인지 맹똘이도 책방에 와 있었다. 부루퉁하게 부은 모습에 자다 깼냐고 놀리려다가 말았다. 요즘 맹똘이는 시한폭탄이다. 건드리면 터진다. 그걸 알면서도 괜히 깐족거리고 싶지만, 맹똘이의 체구를 보며 참는다. 맹똘이와 누나, 동생이란 위계질서를 떼고 오로지 힘으로만 일대일로 겨룬다면 1분 안에 승패가 날 것이다. 동생을 두고 이런 생각을 하는 게 이상하긴 하지만, 맹탐정은 자꾸 그런 생각이 들었다.

"누나네 전학 온 형 있잖아."

"맹병률?"

"유정이 사촌오빠래."

이놈의 촌구석. 다 연결돼 있다. 하긴 맹병률네 아빠가 우리 아빠랑 중학교 동창이니까 맹병률 삼촌들 중에 여기에 사는 분들도 있겠지.

"아빠, 뭐 잃어버렸는지 찾았어?"

"아니 그게!"

아빠가 계산대 뒤편에서 튀어나오며 말했다.

"모르겠어! 정말."

총체적 난국이다.

"아빠, 남의 사생활 캐는 건 나쁜 거지?"

이상했다. 아빠에게 물을 말이 아닌데.

"누나가 늘 하는 게 그런 거잖아."

"넌 좀 빠져 있어라."

"나쁘지."

아빠가 대답했다.

"그럼 궁금증은? 호기심은? 친구에 대한 관심은?"

"뭔데 그래?"

"맹병률 부모님, 이혼했어?"

"너, 진짜 나쁜 거야, 그런 거. 남 뒤나 캐고 다니고."

맹똘이와 아빠가 동시에 한심한 눈으로 맹탐정을 쳐다봤다. 맹똘이가 아빠와 마음이 통한 건 처음인 것 같았다.

맹똘이는 아빠를 흘깃 보고는 한숨을 내쉬었다. 맹똘이는 아빠와 떨어져 살 때보다 아빠를 더 증오한다. 언젠가 이런 말도 했다.

"아빠가 사라졌으면 좋겠어."

생각해 보면 맹탐정도 그랬고 할머니도 그랬다. 엄마도 그랬고. 처음엔 맹탐정이 아빠를 향해 분노를 내뿜었고 그다음은 엄마, 할머니였다. 이젠 맹똘이 차례다.

화해는 그냥 이뤄지지 않는다. 미워하는 마음, 원망하는 마음을 한 번에 내려놓고 아무 일도 없었다는 듯이 살아갈 수는 없다. 맹똘이는 아빠를 다시 가족으로 받아들이기 위한 과정을 밟고 있는 것인지도 몰랐다.

"아빠는 그럼 안 나쁜 사람이야?"

맹똘이의 말.

"왜 전학 왔을까?"

이건 맹탐정의 말.

"뭘 가져간 걸까? 도대체 누가 뭘 왜?"

아빠의 말.

삼부자가 나란히 머리를 맞댔다.

그때 손님이 들어오면서 아빠에게 손을 들었다 내렸다.

"왔냐?"

누구지?

아빠가 "전학생. 걔 아빠."라고 했다. 얼굴만 봐선 전혀 알아챌 수 없었다. 맹병률은 맹해서 그렇지 얼굴은 뭐 볼만하다. 그런데 아저씨는……. 엄마가 미인인가? 아니야, 외모로 사람을 평가하면 안 돼. ……그래도 너무 다르잖아?

맹똘이의 얼굴이 눈에 들어왔다. 아빠와 너무 닮았다. 아들이 아빠 닮는 게 당연하지만, 인생이 맹똘이에게 너무 가혹하다는 생각이 들었다. 맹똘이가 인사도 없이 책방을 나갔다. 안쓰러운 놈.

"안녕하세요."

"네가 승지구나? 아빠한테 얘기 많이 들었어."

아저씨가 아빠를 향해 짓궂은 미소를 지었다.

"예의 없다더니 인사성만 바르네."

"아빠, 내 욕 했어?"

"아니 그게 아니라……."

"아니 할 게 없어서 딸내미 뒷담화를 해? 진짜 할머니 말대로 아빠는 철이 덜 들었어."

“와 무섭네. 네 말이 맞다.”

아저씨는 맹병률만큼 눈치가 없는 것 같다.

“왜 왔어?”

“서점에 왜 오냐? 책 사러 오지. 하여간.”

“매출 좀 올려 주라. 참, 너 왔다 간 날 서점에 도둑이 들었어.”

“여, 여기 뭐, 뭐 훔쳐 갈 게 있다고.”

“그게 이상해. 여기에 금붙이가 있어? 아님 돈이 있어? 도대체 뭘 훔쳐 가려고 온 건지를 모르겠어. 아마 띨빵한 도둑일 거야.”

아빠가 아저씨에게 바짝 다가갔다.

“혹시 너 아니냐? 너도 공부는 좀 해도 띨빵했잖아. 그래서 말인데 고등학교 때 내가 너보다 공부 잘한 거 기억하지?”

아저씨가 혀를 찼다. 아직 여름은 시작도 안 됐는데 아저씨 이마에 송글송글 땀방울이 맺혀 있었다. 맹탐정과 눈이 마주치는 순간 땀 한 방울이 툭, 떨어졌다.

“아저씨!”

먼저 나가겠다며 책방을 나온 후에 카페 앞에서 아저씨를 기다리고 있었다.

“훔친 게 도대체 뭐예요?”

아저씨가 입을 하 벌렸다.

"아니라고 할 거 아는데 그러지 마세요. 저 다 알아요. 아저씨는 제가 누군지 모르겠지만, 저 탐정이었어요."

"내가 뭐? 내가 뭐 금을 훔쳐? 돈을 훔쳐? 그저 내 물건을 가져갔을 뿐이야."

"와 인정하시네요, 뭘 가져간 건."

아저씨가 앞머리를 흐트러뜨렸다. 완희 오빠가 할 때는 멋있어만 보였는데.

"뭐예요? 비밀로 해 줄게요. 진짜 궁금해서 그래요. 제가 궁금한 건 못 참거든요."

"그래, 내가 그랬어. 아니 그 자식이 남의 연애편지를 갖고 있잖아. 동창회에서 그걸로 사람을 얼마나 놀리던지. 뭐, 사춘기 땐 다들 그렇지 않아?"

"편지에 뭐라고 쓰셨는데요?"

"너 없이는 내 존재의 의미도 없다, 네가 없는 세상을 사느니 죽음을 택하겠다."

"아저씨, 잘 없애셨어요. 잘하셨네요."

"그렇지?"

"그래도 절도는 맞죠. 그래서 말인데 비밀 지켜 드릴 테니, 이사 온 이유 좀 말해 주세요. 그냥 쉬려고 오신 거 아니죠?"

"비밀, 지켜 줄 수 있어?"

아저씨의 표정이 어두웠다. 너 없이는 내 존재의 의미도 없다는 말을 쓸 때, 아저씨는 진심이었겠지? 그러나 도무지 상상이 되지 않는다.

"솔직히 자신은 없어요."

아저씨가 피식 웃었다.

"무조건 지켜 주겠다는 것보다 더 믿음이 가네. 병률이가 애들 다 이상하다던데."

"원래 자기가 이상하면 다른 애들도 이상해 보이는 거예요."

"비밀, 지키려고 노력해 줄 순 있지?"

맹탐정이 고개를 끄덕였다.

"친구 문제."

"학폭이요?"

"학폭은 아니야. 이게 말하자면 좀 애매한데……."

아저씨는 대답을 멈추더니 좀 걷자고 했다. 아저씨는 익숙한 듯 바닷가가 보이는 산책로로 향했다. 아저씨가 중고등학교를 다닐 때도 이 산책로가 있었다고 했다. 아빠도 아저씨도 맹탐정만 할 때가 있었던 거다.

맹탐정은 쨍했던 하늘에 갑자기 먹구름이 몰려올 때보다 아빠나 할머니에게도 자신과 같은 어린 시절이 있었다는 이야기를 들을 때 더 깜짝 놀라게 된다.

할머니는 언제나 할머니였을 것만 같다. 할머니에게, 아빠에게 자신과 같은 유년 시절이 있다고 생각하면 왠지 코끝이 매워진다. 할머니나 아빠나 이렇게 늙게 될 거라고는 상상하지 못했을 테지. 맹탐정은 20년 후를 떠올렸다. 어떤 모습을 하고 있을까? 설마 아빠처럼 한심하게 사는 건 아니겠지? 할머니처럼 따분하게 사는 건? 엄마처럼 종종거리며 사는 건? 생각하기도 싫다. 세상에서 제일 멋진 존재가 되고 싶다고, 맹탐정은 생각했다.

"학폭은 아니고, 어렸을 때부터 친했던 애들이었어. 나한테도 아저씨 아저씨 하면서 햄버거 사 달라 피자 사 달라 하던 때가 엊그제 같은데. 무슨 일이 있었는지, 나중엔 주먹다짐까지 갔고 완전히 멀어졌더라고. 그러니 학교가 얼마나 고통이었겠어."

"보통 가해자가 전학 가잖아요."

생각한 대로 툭 내뱉는 게 맹탐정의 특기였다. 병률이를 의심한다는 뜻으로 비춰질 거란 건 생각하지 못했다. 해서 또 바로 내뱉었다.

"병률이가 가해자일 거란 말은 아니고요."

아저씨도 맹탐정의 캐릭터를 파악했는지 말뜻을 오해하지는 않는 듯했다.

"내가 이혼한 거 알지?"

아빠에게 들어서 알고 있었다.

"이혼이 뭐 죄는 아니지만 그건 내 생각이고. 애들한테는 다르지. 제 엄마하고 연락하고 지낸다지만 같이 사는 거랑은 또 다르고. 그래서 늘 미안한 마음이었어. 근데 친구 문제로 학교 가기 싫다고 방문 꼭 닫고 안 나오는데 별수 있어? 나도 좀 쉬고 싶기도 했고. 어머님 혼자 사시는 것도 걸리고."

"아저씨, 근데 너 없이는 존재의 의미도 없다고 하던 분하고는 사귀었어요?"

아저씨가 한숨을 크게 내쉬었다.

"사귀었지."

"오오오!"

맹탐정이 두 손으로 입을 막은 채 감탄사를 내뱉었다.

"그리고 이혼했고."

맹탐정이 입을 다물고 두 손을 내렸다. 할 말 못 할 말 가리지 못하는 건 유전이 맞구나, 하는 자책과 함께.

멀어져 가는 아저씨의 뒷모습이 유난히 쓸쓸해 보였다.

"야, 하지 말라고!"

맹병률이 두 장우를 밀어냈다.

"장난이잖아. 엄청 예민하게 구네."

두 장우 중 김장우가 황당한 얼굴로 말했다. 맹탐정은 순간 어제 아저씨가 한 말이 떠올랐다. 학폭은 아니라고 했지만 친구 사이에 큰 다툼이 있었다고 했다. 혹시 트라우마일까?

"하지 마! 너네들 그거 폭력이야!"

순간 두 장우가 돌아봤다.

"야, 말이 심하다. 장난 좀 친 것 갖고."

"아니 내 말은."

"그래, 하지 말라면 하지 마. 너넨 좀 정도가 심해. 루나한테도 그랬고."

아까부터 옆에서 가만히 듣기만 하던 용우가 맹탐정 편을 들었다.

"야! 루나 얘긴 왜 꺼내? 어?"

두 장우는 루나한테 차인 후에 원래 자기들도 별로였다는 둥, 고백할 생각이 없었다는 둥, 자신들이 태권도 사범님보다 잘생겼다는 둥 난리를 쳤다. 루나는 사범님을 좋아하는 게 아니라 그저 태권도를 좋아할 뿐이라는 말도 해서 모두를 어이없게 만들었다.

이제 루나는 두 장우 이름만 나와도 지긋지긋해한다.

"야, 내가 이 말까진 안 하려고 했는데……."

용우답지 않게 뜸을 들였다.

"루나가 너네 돌려차기로 날려 버리고 싶다고 한 거 내가 겨우 말렸거든? 너네 루나 앞에서 조심해라."

폭력은 나쁘다. 그 대전제에는 동의한다. 그런데 만약 루나가 두 장우에게 돌려차기를 날린다면? 안 기뻐할 자신이 없다. 그래도 폭력은 나쁘다. 그렇지만 혹시 실수로 돌려차기를 한다면? 아니야, 그래도 나빠. 맹탐정에게 두 장우는 명확한 가치관마저 의심해 보게 하는 존재였다. 루나 이야기가 나와서인지 두 장우는 시무룩한 채 자리로 돌아갔다.

수업이 끝나고 가방을 싸는데, 두 장우 중 이장우가 "그래, 평생 친구 다 소용없다. 유치원부터 같이 다녔는데 고작 한 달짜리 전학생한테 밀리네." 하고 맹탐정 들으라는 듯이 말했다.

맹탐정은 맹병률이 나가는 걸 확인하고 두 장우를 불러 세웠다.

"야, 너네 정말."

맹탐정이 한숨을 크게 내쉬었다.

"진짜, 너네한테 제일 부족한 게 뭔지 알아?"

"수학?"

김장우가 말했다.

"나는 영어?"

이장우가 말했다.

"아니다, 됐다. 설명해도 못 알아들을 것 같으니까 넘어가자."

"왜, 뭔데?"

"뭔데 그래? 말해 봐."

"아니야, 비밀이랬어."

"우리가 얼마나 입이 무거운데!"

믿기지 않았지만 믿고 싶은 마음이 들었다. 나는 비밀을 말하고 싶은 걸까? 맹탐정은 스스로도 헷갈렸다.

"너네들 비밀 지킬 수 있어?"

"야, 내가 진짜 입 무거운 걸로 유명하거든?"

"어디서?"

"우리 집에서."

두 장우와 대화할 땐 한숨을 너무 많이 쉬지 않도록 조심해야 한다. 두 장우를 위해서가 아니라, 나 자신을 위해서. 한숨을 너무 많이 쉬면 뇌에서 산소가 빠져나가는 것처럼 느껴지니까.

"너넨 맹병률이랑 친해지고 싶어서 팔을 목에 두르고 장난치는 거겠지만……."

맹탐정이 이장우와 김장우의 눈을 차례대로 쳐다보았다.

"이건 진짜 비밀이야. 약속해."

두 장우가 세차게 고개를 끄덕이며 귀를 쫑긋 세웠다. 눈치 없는 걸로는 산이군 일등이지만 비밀 냄새는 기막히게 잘 맡았다.

"병률이 입장에선 폭력으로 느낄 수도 있는 거야. 왜냐하면 맹병률이 전학 온 이유가……."

두 장우의 눈이 커졌다.

"설마 학폭?"

"어렸을 때부터 친하게 지냈던 친구들이랑 무슨 이유인지 멀어졌나 봐. 그러면서 전학 오기 전까지 혼자 지냈나 봐. 마음에 상처가 있는 애니까…… 뭐랄까…… 너넨 정말 장난이잖아. 근데 걔 입장에선 싫다고 했는데도 너네가 계속 그러면 괴롭힌다고 느낄 수 있을 것 같아."

설명하기가 어려웠다. 말을 거리낌 없이 하면서도 편하게 놀 수 있는 친구가 있고, 아무 말도 하지 못한 채 서로 힘들어하는 관계도 있다는 걸.

"너넨 장난으로 하는 거겠지만, 걔는 민감할 수 있어."

김장우가 머리를 세게 내리쳤다.

"야, 내 머리야."

이장우가 말했다.

"미안."

김장우가 자기 머리는 살짝 내리쳤다.

"우리가 좀 조심하자."

두 장우가 고개를 끄덕였다. 표정엔 후회와 미안함, 두려움이 가득했다. 내가 왜 그랬을까 하는 자책과 함께 혹시 장난으로 한 행동으로 인해서 나중에 문제가 생기지 않을까 걱정하는 것 같았다.

"그리고 너네가 병률이라면 이런 사실이 알려지면 좋겠어? 우리 비밀로 하자."

맹탐정은 집으로 가는 길에 마음이 복잡했다. 어려움에 빠진 친구를 도왔다는 뿌듯함과 함께 비밀을 발설했다는 죄책감이 일었기 때문이다. 그래도 잘한 일일 거야. 설마 두 장우가 아무리 눈치가 없어도 남의 비밀을 떠벌리진 않을 거야. 그러나 어쩐지 찝찝함을 지울 수 없었다.

명해 씨네 집에 오면 늘 평온한 기분이 들었다. 명해 씨가 갖고 있는 어떤 에너지 때문인 것 같았다. 명해 씨는 요리를 할 때 시간에 쫓기지 않는다. 엄마나 할머니와는 다르다.

엄마는 카페 운영과 집안일을 함께 해야 하기 때문에 늘 무언가에 쫓기듯 움직였다. 프라이팬이 달아오르기도 전에 삼겹살을 올리고, 마트에서 사 온 반찬을 꺼내는 동안 할머니가 아침에 끓여 놓은 미역국을 데웠다. 그렇다고 불만은 없었다. 다만 엄마의 분주한 뒷모습이 안타까웠다. 아빠의 부재가 채워진 후에도 엄마는 늘 동동거렸다. 나랑 승옥 언니, 맹뚤이만 없었어도…… 하는 생각이 안 들 수 없었다.

명해 씨는 스파게티를 삶으면서 조성진이 연주한 '한여름 밤의 꿈'을 들었다. 박자가 전혀 맞지 않는데도 피아노 연주에 맞춰 흥얼거렸다. 면이 다 삶아지자 올리브오일을 두른 프라이팬에 쏟고 소스를 부었다. 단순한 행위였는데 어쩐지 경쾌했다.

명해 씨는 언제나 요리가 완성되면 흰 식탁보를 깔았다. 고급 이태리 식당에서나 볼 법한 그릇에 스파게티가 담겨 나오니 엄마가 하는 요리와 맛은 별반 차이가 없었지만 어쩐지 대접받는 기분이 들었다.

"진짜 맛있어요."

맹탐정은 유치한 줄 알면서도 쌍따봉을 들었다.

"다 산 건데 뭐. 그냥 면 삶고 섞은 것밖에 없어."

"엄마는 매일 바빠요. 뭐에 쫓기는 사람처럼. 밥도 맨날 빨리 먹으래요. 설거지하고 연속극 봐야 한다고."

"나도 너 같은 자식 세 명 있음 이렇게 못할 것 같아."

명해 씨가 포크로 스파게티를 돌돌 말면서 말했다.

"나는 태어나지 말걸 그랬나 봐요. 우리만 아니었어도 엄마는 아빠랑 벌써 이혼했을 거예요. 나 때문에 발목 잡힌 거예요."

"진심?"

맹탐정은 고개를 저었다. 그런 마음이 아예 안 드는 건 아니었지만 맹탐정을 낳은 건 부모의 책임이다. 자신이 이렇게 고통받는 것도 어쩌면 그들 때문이 아닐까? 낳지 않았으면 고통당할 일도 없으니까.

"전학 온 애."

"병률이요?"

"학폭 때문에 전학 왔다며? 잘해 줘. 마음의 상처가 클 거야. 폭력이란 게 한번 당하고 나면 쉽게 잊히지가 않아. 삶을 바꿔 버려. 이전과 같은 삶을 살게 못 해."

명해 씨는 여자라는 이유로 범죄 피해를 당했다. 굳이 여자라는 이유로, 라는 말을 단 이유는 가해자에게 폭력을 당한 사람이 모두 여자였기 때문이다. 특히 몸집이 작은 여자들 말이다.

"그래야죠. 동정하는 건 아니지만 그 얘기 듣고 나니 잘해 주고 싶어요."

어? 근데 명해 씨가 누구한테 들었지?

"가만 안 둬, 진짜."

"뭘?"

맹탐정은 분노의 포크질을 했다. 엄마가 아빠 때문에 화났을 때와 비슷한 포크질이었다.

"너넬 믿는 게 아니었어."

수업이 시작되기 전에 두 장우를 소각장 앞으로 불렀다. 소각장이라고 하나 분리수거 정책이 강력하게 시행된 후에 입학했기 때문에 실제 소각하는 모습을 본 적은 없다. 그래도 언니 오빠들이 소각장이라고 불렀고, 맹탐정도 소각장이라고 불렀다. 아마 앞으로도 쭉 그렇게 불릴 것이다.

"뭐? 우리가 뭐?"

"너네 맹병률 전학 온 이유, 여기저기 떠벌리고 다녔지? 진짜 내가 그렇게 비밀이라고 말했는데."

"야, 너, 나를 어떻게 보는 거야?"

김장우가 손으로 나를 가리켰다가 자기 이마를 짚었다. 마치 연극을 보는 것 같았다.

"나, 김장우. 그래, 짝사랑하던 여자한테 차이고, 이미지 한 번 구겼지만, 그럼에도! 나, 그렇게 치사한 사람 아니야."

"나, 이장우. 그래, 언제나 완벽하진 않았겠지. 그래도 나, 입은 무겁다."

둘은 늘 자신들을 누군가가 지켜보고 있다고 생각하는 것 같다. 사람들의 관심을 한 몸에 받는 연예인들이 연예인 병에 걸린 건 봤어도, 그런 관심을 받아 본 적도 없는 애들이 연예인 병에 걸린 건 어떻게 이해해야 할까.

"진짜 아니라고? 그럼 명해 씨가 어떻게 알아?"

"명해 씨가 누구야?"

두 장우가 또 연극을 했다.

"명해 씨를 모른다고?"

두 장우가 고개를 끄덕였다. 표정을 보니 연기가 아닌 것도 같았다.

"진짜 몰라?"

그럼 어디서 새어 나간 것일까?

"연기 아니지?"

"왜? 배우 같아?"

김장우가 말했다. 조용히 입을 다물었다.

어제 명해 씨의 이야기를 듣고 당연하게 두 장우일 거라고 확신했다. 두 장우가 아니라면 대체 누구일까?

그때 문자가 왔다.

- 그 아빠에 그 자식이다, 이런 말은 되도록 하고 싶지 않지만, 어쩐지 그 말이 떠오르네. 내가 분명 비밀이라고 했건만, 산이군 사람들 모두가 알고 있구나. 어머니까지 알게 돼서 자식 된 몸으로 면목이 없네.

모르는 번호였지만 누군지 알 수 있었다.

- 저 아닙니다. 진짜 아니에요.

- 병률이 내일 학교 안 간다는데 어떻게 할 거야?

맹탐정은 한숨을 쉬곤 두 장우를 쳐다봤다.

"진짜 아니야?"

두 장우가 빽 소리를 질렀다.

"아니라고!"

맹탐정은 맹세코 두 명에게밖에 말하지 않았다.

- 제가 찾아낼게요. 누가 소문냈는지.

맹탐정은 수업이 끝나자마자 명해 씨네로 달려갔다. 명해 씨는 떡볶이를 만드는 중이었다.

"1인분이야."

명해 씨는 떡볶이에 케첩을 넣는다. 처음엔 잉? 했는데 학교 앞 분식집에서 파는 떡볶이 맛이 났다.

"이왕 할 거 많이 하지."

"올 거면 미리 말을 하든지."

명해 씨가 투덜거리면서도 떡볶이를 그릇에 담아 주었다.

"사실 저 지금 이거 먹을 시간 없어요."

맹탐정이 떡을 두 개나 입에 쑤셔 넣으면서 말했다.

"언니, 누구한테 들었어요? 맹병률 전학 온 이유요. 딴 사람한테 말한 건 아니죠?"

명해 씨가 가스레인지 앞에 서서 떡볶이를 한 개 집어 먹으면서 말했다.

"너는 내가 그런 거 말하고 다닐 사람 같아?"

"그럼 언제 들었어요?"

"어제 너 만나기 직전?"

"아이 씨."

맹탐정이 식탁에 턱을 괬다.

명해 씨는 어제 오후에 책방에 다녀왔다고 했다. 아빠가 말해 줬을까? 그럼 아빠도 알고 있다는 건가? 그건 아니다. 아빠와 명해 씨는 사이가 좋지 않다. 명해 씨가 책방에 대해 한 말이 돌고 돌아 아빠 귀에까지 들어갔기 때문이다.

"읽을 게 하나도 없어요. 잘 보면 서울대 도서관 권장도서를 그대로 베껴 온 것 같다니까요. 동네 책방의 장점이 뭐예요? 책방 주인만의 큐레이션이 들어가는 거잖아요. 그 책방은 어떤 책 위주로 있죠? 네, 문제집이요. 그래서 그냥 인터넷 서점에서 사게 돼요."

맹탐정이 아는 명해 씨의 말투는 전혀 아니지만 그 말을 들은 아빠는 잔뜩 화가 났다. 정육점 아줌마가 전해 줬다고 했다. 명해 씨가 돈가스 만들 돼지등심을 사 가면서 "여긴 책방이 없어서 불편해요." 하길래 "아니, 책방 있잖아." 했더니 "거긴 진짜 책방이라고 하긴 어렵죠."라면서 운을 떼었다고.

아빠는 엄마와 할머니 앞에서는 주눅 들기 일쑤지만 한번 원한을 가지면 오래간다. 아빠는 여기저기 다니면서 책방에 대해 함부로 말하는 사람이 있다면서 명해 씨를 저격했다. 당연히 이 얘기는 명해 씨의 귀에 들어갔다. 그렇게 둘은 대화 한번 해 보지 못한 채 앙숙이 됐다.

"근데 언니, 병률이가 학폭 때문에 전학 왔다고 들었어요?"

명해 씨는 마지막 남은 떡볶이를 입에 넣으며 고개를 끄덕였다.

"학폭 아닌데요?"

"뭐야 아저씨. 거짓말만 하네."

"아저씨라면?"

명해 씨가 말하는 아저씨는 병률이 아빠는 아닐 것이다.

"언니, 설마 언니가 말하는 아저씨가 우리 아빠는 아니죠?"

"맞아."

"엥? 둘이 서로 싫어하잖아요."

"누구랑 누가 싫어해?"

"언니랑 아빠요."

"왜?"

명해 씨가 맹탐정을 향해 씨익 웃더니 "알고 봤더니 아저씨가 에밀 아자르 팬이더라고." 했다.

"에밀 아자르가 누구예요?"

"에밀 아자르 몰라?"

평양냉면만이 진짜 냉면이라고 우기던 아빠 모습이 떠올랐다. 에밀 아자르를 아는 사람이 세상에 얼마나 될까? 둘이 친해졌다고 해도 이상할 게 하나도 없다는 걸 깨달았다. 둘에겐 공통점이 있었다. 오로지 자신만의 세계에서 살아가는 사람들이라는 것이다.

"에밀 아자르요? 몰라요, 몰라."

일부러 고개를 크게 저었다.

"로맹 가리는?"

그 이름은 어쩐지 들어 본 적이 있는 것도 같았지만 순순히 고개를 끄덕이고 싶지 않았다.

"놀라지 마. 로맹 가리가 에밀 아자르야!"

이게 놀랄 일일까?

"에밀 아자르가 로맹 가리라니까? 프랑스의 천재 작가! 내가 가장 사랑하는 작가인데 아저씨도 가장 좋아하는 작가가 로맹 가리라고 하더라고. 일단은 말이 통해."

반박할 말이 한가득이었지만 더 중요한 일이 있다.

"아빠가 말해 줬다고요?"

"비밀이라고 했는데……."

맹탐정이 벌떡 일어서서 현관으로 갔다. 언니가 다급하게 맹탐정을 불렀다.

"비밀이라고 했어. 절대 나한테 들었다고 하지 마. 응?"

맹탐정은 한숨을 내쉬고 책방으로 달려갔다.

아빠는 키프에게 구애 중이었다. 그러나 키프는 만만한 고양이가 아니었다. 아빠의 참치 작전에도 굴하지 않았다. 참치를 안 먹었다는 건 아니고, 참치만 쏙 빼먹고 책장 위로 올라갔다.

"아빠! 병률이 학폭 때문에 전학 왔다는 말 누구한테 들었어요?"

"뭐? 무슨 소리야?"

아빠는 연기에 소질이 없다.

"명해 씨한테 그랬다면서요. 맹병률, 학폭 때문에 전학 왔다고."

"그런 소리 한 적 없는데?"

"다 알고 왔으니까 거짓말하지 마세요."

"아이 진짜. 비밀이라고 신신당부를 했건만."

"어디서 들었어요?"

아빠가 맹탐정을 향해 턱짓을 했다.

"뭐예요? 딸한테 누명 씌우지 마세요."

"진짜야! 둘이 하는 얘기 들었어."

둘이?

"아저씨? 맹병률 아빠?"

책방에서 나와서 아저씨와 이야기하는 걸 들은 것이다.

"걔가 지갑을 놓고 가서 갖다주려다가."

"근데 왜 학폭 때문이라고 했어요?"

"그때 그러지 않았어?"

학폭이라는 단어만 듣고 그렇게 생각한 것일 수도. 뒷말은 못 들은 것 같다.

"그거 아니니까 다른 사람한테 말하고 다니지 마세요!"

"아니야! 나는! 비밀이라고 했다니까!"

아빠가 억울한 듯이 항변했다.

비밀을, 비밀이라고 말하면서 말하면, 말을 안 한 게 되나. 한숨이 또 나올 뻔했지만, 해야 할 일이 있었다. 맹탐정이 책방을 나오는데 용우가 계단을 올라오고 있었다.

"큰일 났어!"

용우가 말한 큰일은 과장이 아니었다. 두 장우가 맹병률의 SNS에 댓글을 달아 놓은 것이다.

- 여기선 걱정 마. 여긴 학폭 청정구역이거든.

청정구역이란 단어도 느끼했지만 댓글 내용도 가관이었다. 두 장우의 댓글 아래 다른 친구들의 댓글이 줄줄이 달렸다. 맹탐정이 본 건 캡처본이었다. 맹병률이 게시글을 삭제했기 때문이다.

맹병률이 두 장우뿐 아니라 맹탐정과 용우도 불렀다. 삼자대면을 넘어 오자대면이다. 산이군에 하나밖에 없는 롯데리아에서 심각한 표정으로 모여 앉았다.

"우리 아빠가 소문냈다고?"

맹병률이 어이없어했다.

"나는 너네 아빠한테 들었어."

"그리고 애네한테 말했다?"

맹탐정이 고개를 끄덕였다.

"그게…… 너를 위해서."

맹병률이 입꼬리를 올렸다. 완벽한 비웃음이었다.

"너무 식상한 멘트네. 너희는 또 그걸 SNS에 썼고?"

두 장우는 고개를 숙이지도 않았다. 뻔뻔한 얼굴로 "우리가 뭐 욕을 했어?" 했다.

맹병률은 한숨을 내쉬었다.

"아, 진짜 이게 다 누구 때문인데."

"누구 때문인데?"

"그런 게 있어."

"뭔데? 뭔데?"

맹병률이 "진짜 비밀인데……." 하고 주위를 두리번거리다 입을 다물었다.

"아니다. 내가 너넬 뭘 믿고."

"그래 그럼. 왕따당해서 전학 온 걸로 해."

용우의 말에 맹병률이 눈에 띄게 발끈했다.

"아니라니까! 아빠는 진짜. 말도 안 되는 거짓말을 하고 다녀. 자기 쪽팔리기 싫어서."

맹병률이 손으로 머리를 헝클었다. 맹탐정은 아저씨가 앞머리를 헝클던 모습을 떠올렸다. 역시 맹병률은 아저씨를 닮지 않았다.

"그게 무슨 말이야?"

맹병률이 고개를 들어 맹탐정을 매섭게 노려봤다.

"너 탐정이라며?"

"누가 그래?"

맹탐정이 벌떡 일어섰다. 중학교 1학년 이후로 어디 가서 탐정이라고 말하고 다닌 적은 단연코 없다. 누가 탐정이라고 부르면 화를 내기도 했고 애원도 했다. 그런데 전학 온 지 고작 두 달도 안 된 애가 벌써 맹탐정에 대해 알고 있었다.

"네가 알아봐. 내가 왜 전학 왔는지."

맹병률이 마시던 콜라를 가지고 일어섰다.

"야!"

맹탐정이 크게 소리쳤다.

"나 이제 탐정 아니야. 그러니까 앞으로 탐정이라고 부르지 마."

"알겠어, 맹탐정."

속이 훤히 들여다보이는 두 장우와는 다르게 맹병률은 속이 보이진 않았지만 결과적으로 공통점이 있었다. 사람을 열받게 한다는 것. 물론 맹병률이 한 수 위였다.

맹병률이 롯데리아를 나갔다. 맹탐정이 자리에 앉으며 두 장우에게 말했다.

“너넨 왜 이렇게 입이 싸냐?”

“그러는 넌?”

용우가 두 장우와 맹탐정을 향해 한숨을 내쉬었다.

“너넨 무슨 생각으로 살아?”

맹탐정이 당당하게 대답했다.

“치킨 생각하며 살아! 오늘은 무슨 치킨을 시켜 먹을까, 그런 생각.”

“난 피자.”

김장우의 말.

“난 사랑.”

이건 이장우의 말이다.

앞으로 둘을 묶어 부르지 말아야 할 것 같다. 사랑이라니. 이장우보단 김장우가 백배는 나았다.

“역시 내 친구!”

끼리끼리는 과학이다. 또 다른 말로 도긴개긴이란 말도 있다. 도토리 키 재기란 말도. 산이군 식으로 말하자면 이장우는 김장우, 김장우는 이장우라고 할 수도 있다.

“뭐야, 깜짝 놀랐네.”

질문을 해 놓고는 바깥을 보고 있던 용우가 왼손으로 자신의 가슴을 쓸어내렸다.

"연기해?"

"내가 장우냐? 저기 봐 봐."

용우가 가리킨 쪽을 봤다. 순간 콜라를 놓칠 뻔했다. 콜라를 내려놓고 손을 교복 치마에 닦았다.

"나사 쌤?"

맹탐정의 말에 두 장우도 돌아봤다.

"진짜 닮긴 닮았다."

김장우가 말했다.

키 차이만 아니었어도 나사 쌤이라고 확신했을 거다. 나사가 하나도 두 개도 아니고 여러 개 빠진 것 같다고 붙여진 별명. 2학년 때 보자더니 1학년 겨울방학이 끝나고 돌아오니 없었다. 전근 간다는 말도 없이, 그렇게 맹탐정과 친구들을 떠났다. 말도 없이 떠났다는 서운함과 원망이 그리움으로 변하는 데는 오랜 시간이 필요하지 않았다.

나사 쌤을 잊었다고 생각했는데 닮은 사람을 본 것만으로도 가슴이 울렁거렸다. 손에서 땀이 나고 엉덩이가 들썩거렸다.

맹병률은 공부도 잘하고 농구도 잘하고 비난도 잘했다. 시비도 잘 걸었고. 뭐든 다 잘하는 애여서 상대하고 싶지 않았다. 맹탐정이 한 마디 하면 두 마디를 했고 무엇보다 "어이, 탐정, 아직도 내가 전학 온 이유 못 밝혀냈어?"라며 놀려댔다.

"너 있잖아. 그런 거 아니야? 맞긴 맞았는데 맞은 이유를 듣고 나면 백이면 백, 와 폭력은 나쁘지만 이건 인정, 할 만한 일을 한 거 아니야?"

맹병률이 맹탐정의 등을 찰싹 때렸다.

"이런 거?"

"아, 왜 때려?"

맹병률의 놀림 때문에라도 맹병률이 전학 온 이유를 찾고 싶었는데 단서를 잡기가 쉽지 않았다. 아무리 SNS를 뒤지고 맹병률의 뒤를 캐도 소용없었다. 맹병률은 학교, 집, 피시방, 학교, 집, 피시방만 왔다 갔다 했다. 학원은 따로 안 다닌다.

그래도 수업시간에 선생님이 뭘 물어보면 재깍재깍 대답한다. 어려운 수학 문제도 막힘없이 풀어낸다. 공부는 언제 하는 걸까? 아니 이런 걸 생각할 때가 아니다. 단서를 잡아야 해. 그래서 무시와 놀림에서 벗어나야 해.

그런데 어떻게?

"용우야, 내가 자존심 버리고 하나만 물어볼게……."

맹탐정이 조심스럽게 꺼낸 말에 용우가 한숨을 길게 내쉰 후 되물었다.

"너한테 비밀이라면서 맹병률 전학 온 이유를 처음 말해 준 사람이 누구야?"

"맹병률 아빠."

"그럼 거기서 시작해."

맹탐정은 기분이 상했다. 2년 전엔 맹탐정이 용우의 비밀을 캐냈다. 작년엔 사건을 해결하는 데 용우의 도움을 조금 받았다. 지금은? 맹탐정이 용우에게 먼저 도움을 구하고 있다. 처지가 백팔십도 달라졌다.

용탐정? 용우는 아무래도 이름 때문에 탐정이 되긴 어려울 것 같다. 맹탐정만큼의 임팩트가 없으니까. 맹탐정은 이런 생각을 하는 자신의 처지가 처량했다.

키프는 책방에 누가 들어올 때면 무조건 책장 위로 피한다. 그러다 자기가 봐서 괜찮다 싶으면 쓱 내려와서 아는 척을 했다. 기준이 뭔지는 모른다. 단, 아빠와 있으면 무조건 숨는다. 물론 아빠는 개의치 않고 계속 키프를 쫓아다닌다.

"아빠 친구, 요새는 안 오네. 아빠, 맹병률 걔 완전 또라이야."

"또라이? 자기소개하네."

맹똘이가 소파에서 스윽 일어섰다.

"깜짝이야!"

"누나가 또라이라고 하는 거 보니, 그 형 정상이네."

"죽을래? 근데 넌 왜 왔어?"

맹똘이가 맹탐정의 말을 무시하곤 책방을 나갔다. 엄마랑은 한 마디도 안 하면서 책방엔 들락날락한다. 물론 아빠랑도 대화는 안 한다.

"그래도 걔가 전학 오기 전에 전교권에서 놀았대."

"그럼 보통 시골로 전학 안 오지 않아요?"

"사무소 개업도 해야 하는데 고등학생도 아니고 중학생을 혼자 둘 수 있어?"

"개업이요?"

"변호사 사무소. 내가 부동산도 소개해 줘서 아마 오늘 갔을걸?"

"유명 로펌 다니다가 그만뒀다고 하지 않았어요?"

아빠는 책방에 맹탐정과 둘만 있는데도 굳이 주위를 두리번거렸다. 그러더니 목을 움츠리곤 손을 목 주변에 갖다 대고 앞뒤로 움직였다.

"죽었다고요?"

아빠가 한숨을 내쉬었다.

"아! 짤렸어요?"

아빠가 고개를 끄덕였다.

"왜요?"

"변호사라는 게 자기가 맡고 싶은 사건만 맡을 수 없는 거야. 무슨 불륜 당사자 변호 맡았다가 법정에서 울었다나 뭐라나. 의뢰인이 불쌍하다고. 의뢰인 불쌍해서 잠을 잘 수가 없다고. 그 얘기하면 모르는 사람이 없대. 아주 전설이래. 그러니 안 쫓겨나? 걘 는 운이 좋아 사법고시 붙은 거지. 참, 전에도 말했지만, 내가 더 공부 잘했어."

찾았다! 진짜 이유. 어떻게 자기 치부를 감추려고 자식 핑계를 대는지. 맹승지 아빠도, 맹병률 아빠도 친구끼리 나란히 철이 덜 들었다.

맹탐정은 책방을 뛰쳐나와 부동산으로 갔다. 산이군에 부동산이라고 해 봤자 몇 개 되지 않는다. 아빠 소개로 갔다면 한 군데다. 이 정도 추리는 뭐 암것도 아니다.

부동산은 닫혀 있었다.

'용무 중. 전화 주세요.'

매물을 보러 간 것일 테다. 맹탐정은 기다렸다. 초여름이라 일교차가 컸다. 낮엔 뜨거운 햇볕에 땀이 나다가도 초저녁이 되면 쌀쌀하다.

"나 기다린 거야?"

"변호사 아저씨는 어디로 갔어요?"

"집으로 갔지."

"사무실은 계약했어요?"

"누구한테 쫓기는 사람처럼 매물만 보면 무조건 다 오케이래. 근데 내가 이 짓을 일이 년 해 봐? 대충 보고 계약했다가 사기다 뭐다 하는 인간들이 얼마나 많아? 게다가 변호사라는데. 있는 매물 싹 다 보여 주고 오는 길이야."

아빠도 부동산 아저씨도 알고 싶지 않은 정보를 마구 발설한다. 자기 객관화가 부족한 탓이다. 누가 부동산 아저씨에 대해 알고 싶다고 했나?

작년엔 자기 객관화에 대해 많이 생각했다. 결론은 불가능하다는 거다. 누구도 자신을 객관적으로 평가할 수 없다. 처음엔 그래, 내가 이런 부분은 부족하지, 생각하다가도 어느새 자신을 변호하고 있다. 그러다 보면 이 정도 부족한 건 부족한 것도 아니다, 하게 되고 나중엔 자신만 멀쩡한 사람이 되어 있다. 그러나 맹탐정은 안다. 자기만 멀쩡할 수 없다는 걸. 자신도 남들 눈엔 이상해 보일 수 있다는 걸.

이상한 사람들이 모여 있으니 서로를 이해할 수가 없고, 이해할 수가 없으니 문제가 생긴다. 그게 세상에 갈등이 존재하는 이유가 아닐까. 맹탐정은 아빠를 이해하는 것도 맹뚤이를 이해하는 것도 포기했다. 아마 맹병률 아빠를 이해하는 것도 포기해야 할 것이다. 아저씨도 나름대로 거짓말한 이유가 있을 테니까.

맹병률의 집이 어딘지는 안다. 다만 무작정 찾아가는 건 예의가 아니라서 핸드폰을 들었다.

- 알아냈어.

맹병률에게 카톡을 보냈다.

- 오, 탐정은 탐정이네.

역시 사람 열받게 하는 덴 두 장우보다 맹병률이 한 수 위였다.

- 바닷가에 오솔길이 있어. 제조창 뒤편에 있는 길인데, 가 보면 알 거야. 거기 걷다 보면 벤치 나오거든? 거기로 와.

- 어딘지 알아.

맹탐정의 비밀 아지트였다. 맹병률이 벌써 거기를 가 봤을 줄은 몰랐다.

맹병률이 먼저 도착해 있었다. 양손엔 아이스아메리카노가 들려 있었다.

"쉬신다더니, 사무소를 바로 개업하시네."

"자기 잘못 덮으려고 어떻게 아들을 파냐?"

"우리 아빤 자아 찾는다고 자식 내팽개쳤었어."

맹탐정이 아이스아메리카노를 마셨다. 맹탐정은 아무리 카페인을 많이 먹어도 잠을 잘 잤다. 맹탐정은 이 점을 무척 자랑스럽게 여겼다. 커피를 좋아하는 사람들에겐 최고의 축복이니까. 아이큐가 뛰어나다거나 몸이 유연하다거나 하는 재능은 없었지만, 맹탐정에겐 꼭 필요한 재능이었다.

“그리고 너네 아빠 도둑질도 했어.”

“도둑질?”

“너네 엄마랑 연애편지…….”까지 말하고 나서 혹시 둘이 이혼한 이유가 불륜이 아닐까 하는 생각이 머리를 스쳐 지나갔다.

“아니야, 그런 거.”

맹병률이 대뜸 말했다.

“다행이다. 아니, 이혼이 다행이란 건 아니고.”

맹탐정이 손을 내저었다. 살면서 당황한 적이 많이 없는데 갑자기 긴장이 됐다. 내가 왜 이러지? 맹탐정이 눈을 부릅떴다. 그때 맹병률의 몸이 들썩였다. 맹병률은 웃고 있었다.

“불륜은 아니고. 엄마가 혼자 살고 싶다고 하셨어. 엄마는 자기가 결혼하면 안 되는 사람인데 결혼을 했대. 아니 그게 결혼해서 애까지 낳은 사람이 할 소리야?”

맹병률이 앞머리를 헝클었다. 맹탐정은 맹병률이 앞머리를 헝클 때마다 가슴이 두근거렸다.

어느새 노을이 지고 있었다. 맹탐정이 이 장소를 좋아하는 이유였다. 폭풍우가 내리치거나 햇볕이 쨍할 때보다 노을이 질 때의 바다가 더 슬프게 느껴졌다.

“이해할 수가 없어.”

"그럼 아저씨는 법정에서 왜 운 거야?"

"나도 몰라. 엄마도 그것 때문에 법정에 갈 수가 없대. 창피해서. 엄마도 변호사거든."

"너네 집도 참."

"난 전학 와서 좋아, 차라리."

톨스토이가 그랬나? 행복한 가정은 모든 모습이 비슷하고, 불행한 가정은 모두 제각각의 이유로 불행하다고. 그런데 불행한 가정도 다 비슷하지 않나. 오해가 쌓이고 어느새 서로를 미워하고 있다.

"사람은 사람을 절대 이해할 수 없어. 그 사실을 받아들여야 해."

맹탐정이 아빠 문제를 받아들이면서 늘 했던 생각이다.

"받아들이기 싫은데?"

"싫어?"

맹병률이 고개를 끄덕였다.

"그럼 받아들이지 마."

맹병률이 피식 웃음을 터뜨렸다.

"근데 이번에 느낀 게 있어."

"듣고 싶지 않아."

복수였다.

"그래도 들어."

맹승지가 이해할 수 없는 사람들 목록 중에 언제나 상위권을 차지하는 사람은 아빠인데, 곧 순위가 바뀔 수도 있겠다는 생각이 들었다.

"아빠가 비밀이라고 말하고 하루도 지나지 않아서, 온 동네가 다 알게 됐잖아."

"난 정말 너를 위해서……."

"비밀은 절대 지켜지지 않아. 비밀은 새. 그게 내 결론이야."

혼자만의 비밀은 있을 수 있다. 그러나 비밀을 누군가에게 말하고 나면 이미 두 명이나 알게 되는 셈이다. 두 명이 아는데도 비밀이라고 할 수 있을까? 또 이런 말도 있다. 재채기와 사랑은 숨길 수 없다는. 혼자 하는 짝사랑도 눈빛 때문에 결국은 들키는 걸 보면, 비밀이란 정말 없는 게 아닐까.

"근데 산이군에서 누굴 변호할 일이 있을까? 왠지 망삘인데."

"아빠 돈 많아."

"아이고, 거지가 부자 걱정을 다 했네."

맹병률이 이번엔 맹승지의 머리를 헝클어뜨렸다. 두 장우였다면 당장 일어서서 화를 냈겠지만, 순간 몸이 굳었다. 움직일 수가 없었다. 노을이 맹병률의 어깨에서 반짝였다. 노을 때문인지 맹병률이 다르게 느껴졌다. 완전히 다른 사람처럼. 지금까지 알던 맹병률이 아니라 새로운 맹병륭이 탄생한 것 같았는데, 그 착각은 맹병륭이 아닌 맹승지에게서 시작됐다.

맹병륭이 오솔길을 내려가다가 손을 흔들었다. 맹탐정의 얼굴을 보지 못한 게 다행이었다. 맹탐정의 얼굴이 노을만큼 붉었다.

꿈에도 몰랐던 비밀

아저씨가 사무소 개업 선물로 시루떡을 돌렸다. 떡 포장지에 '맹형택 변호사 사무소' 스티커가 붙어 있었다. 뜨끈뜨끈한 떡을 입에 집어넣고 몇 번 씹지 않고 삼켰다.

시루떡은 외모지상주의 세계의 피해자에 가까웠다. 검붉은 팥이 덕지덕지 붙은 겉모습 때문에 십중팔구 애들에게 외면당했다. 맹탐정도 처음 엄마가 시루떡을 건넸을 때 고개를 저었다. 엄마가 반색을 하며 "그럼 나야 좋지." 하는 바람에 억지로 한 입을 먹었고, 이내 시루떡의 매력에 빠져들었다. 먹는 게 귀찮았던 재작년으로 돌아가고 싶을 정도였다.

"사무소 개업식에 초대해 주고 이렇게 맛있는 떡까지 줘서 몸둘 바를 모르겠습니다. 고향 친구로서 몇 마디 하려고 합니다."

아빠가 마이크를 잡았다.

몇 마디가 몇 마디로 끝나진 않을 텐데. 자기가 공부 더 잘했었다는 얘긴 꼭 하겠지.

"뭐 사실을 말하자면, 공부는 제가 더 잘했습니다."

역시나. 피식 웃음이 나왔다.

"너 왜 웃냐?"

맹병률이 툭 쳤다.

"너 몰랐어? 쟤……."

두 장우 중 김장우가 손가락을 머리 가까이에서 빙빙 돌렸다.

"자기소개하지 말고."

맹병률이 피식 웃으면서 말했다. 김장우가 씩씩거렸다. 맹병률은 급식에 쓸 전복 따러 간다고 작업복 입고 왔을 때랑은 백팔십도 달랐다. 맹탐정은 경외의 눈으로 맹병률을 바라봤다.

"친구의 무궁한 앞날을 기원하며 마지막으로 친구가 남겼던 명문 하나가 있어 소개해 드리려 합니다. 친구가 보냈던 연애편지의 일부를 낭독하겠습니다. 편지가 사라져서, 기억나는 대로 적어 왔습니다. 윤정아, 너 없이 내가 어떻게 살 수 있겠니? 네가 없는 세상을 사느니 죽음을 택하고 말겠어……."

"너, 너, 너 지금 뭐 하는 거야!"

"야야, 가만히 있어 봐. 네가 얼마나 로맨티스트였는지 말해 주는 거 아니야."

아저씨가 아빠에게서 종이를 뺏으려고 하는 모습은 정말이지 웬만한 못 볼 꼴을 다 보고 산 맹탐정 입장에서도 봐주기 어려울 정도였다. 사연을 모르고 본다면, 필시 둘이 사랑싸움이라도 하는 줄 알 것이다.

맹탐정이 한숨을 내쉬고는 사무소를 나갔다. 맹병률도 따라나섰다.

"저거 없애려고 도둑질까지 했는데. 아빠 머릿속까지 없애지는 못했네."

"내가 아빠면 죽고 싶을 것 같아."

"그 정도야?"

맹병률이 고개를 끄덕였다.

"하나 궁금한 게 있어. 너 전학 온 다음 날, 진짜 전복 따려고 작업복 가지고 온 거야? 시골이니까 급식 재료 직접 잡고 심고 캐는 줄 알고?"

"나야말로 사라지고 싶다."

맹병률이 집과 반대 방향으로 뛰어갔다. 흑역사 생성은 유전인 것 같았다.

"조심히 가."

맹탐정이 맹병률의 등 뒤에 소리쳤다.

맹탐정은 할머니가 사는 빌라로 갔다. 하지만 빌라 입구에서 선뜻 올라가지 못했다.

할머니는 명해 씨네 집 위층으로 이사했다. 이후에 둘은 꽤 친해진 것 같았다. 이사 초반에 맹탐정은 혼자 사는 할머니가 걱정돼서 자주 찾아 뵀는데 할머니는 대놓고 싫어하셨다.

"이 꼴 저 꼴 안 보고 조용히 지내고 싶어서 이사했는데 하루도 맘 편히 못 있겠네."

물론 할머니가 말을 가려 하지 않는다는 건 알았다. 그럼에도 할머니는 다정한 사람이었다. 맹탐정이 엄마한테 혼나거나 친구랑 다퉈서 속상해하면 늘 맹탐정의 편을 들어줬다. 한마디로 츤데레. 세상에 온전한 내 편이 있다는 게 얼마나 큰 힘이 되는지 아는 사람은 알 것이다.

"진짜 안 온다? 어? 어?"

이래도 할머니는 말리지 않았다.

그래서 조금씩 뜸해졌다. 어느 날은 놀러 갔다가 할머니가 안 계셔서 '할머니, 저 왔다 가요. 다음에 또 올게요.' 하고 쪽지를 남겼는데 연락이 없었다. 할머니와 거리가 생긴 기분이었다.

그때 웬 봉고차가 빌라 앞에 섰다. 할머니의 목소리가 들렸다.

"담 주엔 바빠. 못 갈 것 같아."

"에휴, 두 시간도 못 빼?"

"어머님, 그럼 살펴 들어가세요."

여러 말이 뒤섞였다. 봉고차 문이 닫히자마자 할머니를 향해 소리쳤다.

"할머니!"

할머니 손엔 냄비 상자가 들려 있었다.

"이거 뭐야?"

봉고차는 먼지를 뿌리며 달려갔다.

"프라이팬. 코팅이 다 벗겨져서 새로 하나 장만했어."

"어디서? 할머니 설마!"

뉴스에서 많이 봤다. 노인들을 상대로 고가의 물건을 파는 사기꾼들이 기승을 부린다는 내용이었다. 할머니가 맹탐정 등짝을 내리쳤다.

"마트에서! 너는 무슨 생각을?"

"할머니, 누가 막 마술 보여 준다고 해도 절대 따라가면 안 돼요."

할머니가 한숨을 내쉬었다.

할머니를 따라 들어가는데 할머니가 빌라 입구에서 멈춰 섰다.

"너 안 바빠?"

"별로요. 기말고사가 남았지만, 뭐 하루 공부한다고 좀 낫나."

"하루라도 하는 게 낫지, 그럼 안 하는 게 나아? 아니다. 공부가

다 무슨 소용이야. 공부 잘하는 순서대로 인생 잘 살면, 너네 아빤 산이군에서 제일 잘 살아야지. 안 그래?"

할머니가 뭐가 웃긴지 혼자 끅끅거리며 웃었다.

"친구들 놀러 오기로 했어."

할머니가 그만 가 보라는 투로 말을 해서 맹탐정이 불퉁하게 물었다.

"들어가지 마?"

할머니는 아니야, 그래도 들어와 같은 말은 하지 않았다. 맹탐정도 이미 마음이 상했다.

할머니한테 서운한 손녀라니. 자주 오지 않는 손녀 때문에 서운해하는 할머니는 봤어도 할머니가 못 오게 해서 서운한 손녀는 없지 않나. 뭔가 이상하다는 생각도 들었다.

"명해 씨한테 가려던 거였어요!"

"걔도 바쁠 텐데……."

"그걸 할머니가 어떻게 알아요?"

할머니는 끙 소리를 냈다.

싫다는 사람에게 매달리는 것만큼 구질구질한 게 없다. 맹탐정은 입을 쭉 내민 채로 발걸음을 돌렸다.

어제보다 더 화창했다. 뭉게구름에 시원한 바람까지. 아저씨를 보러 가기엔 아까운 날씨였다. 그렇다고 딱히 누가 보고 싶은 건 아니었다. 아니, 누군가가 생각나긴 한다.

사무소 문을 열자 아저씨가 컴퓨터 앞에 앉아 있는 모습이 보였다. 아저씨가 맹탐정을 변호사 사무소로 불러서 들른 것이다.

"할머니 잘 계셔?"

"할머니요?"

아저씨가 고개를 끄덕였다. 맹탐정도 떨떠름한 표정으로 고개를 끄덕였다.

"프라이팬 같은 거 사 오시지 않아?"

맹탐정이 헉 소리를 내며 입을 벌렸다.

"어떻게 아셨어요?"

"아휴 당하셨구만. 가서, 그거 얼마 주고 사셨는지 여쭤봐. 아마 몇십만 원은 주고 사셨을 거야. 마트 가면 3만 원이면 살 거를."

아저씨가 소파로 왔다. 이미 다 식은 녹차를 쪽쪽거리면서.

"봉고차 많이 다녀서 짐작은 했지만. 노인들 등쳐 먹는 새끼들이거든. 애 앞에서 욕하면 안 되는데."

"그냥 하세요. 저도 해요."

"무슨 중3이 욕을 하냐. 하지 마."

꼰대, 정말.

"이게 애매해. 자발적으로 구매한 거라고 하면 할 말이 없거든? 근데 처음엔 프라이팬으로 시작해서 전기장판까지 가는 거야. 먹기만 해도 관절이 10년은 젊어지는 물이니 뭐니 팔기 시작하면…… 아휴, 머리 아파.”

“물이요?”

“너 하루에 물 얼마나 먹어? 사람이 하루 중에 제일 많이 먹는 게 물이다. 물을 바꾸잖아? 그럼 돈이 그냥 쓸려 나가는 거야. 물 한 통에 만 원이야. 한 달이 며칠이야? 30일이지? 하루에 한 통만 마셔도 30만 원이야.”

그러고 보니 할머니 냉장고에 처음 본 브랜드의 물통이 들어 있었다. 정수기도 있는데 물을 사 먹나 싶어서 이상하다고 생각했었다.

“물, 봤어요. 고로쇠 물이라고 적혀 있었어요.”

“이게 골치 아픈 게 뭐냐면, 사기를 당한 사람이 자기가 사기당한 걸 몰라. 그래서 고소하자고 하면 펄쩍 뛰어. 네가 할머니 한번 살펴봐. 만 원, 2만 원 쓰다가 나중엔 노후자금 다 날린다니까. 그럼 손쓸 수도 없어.”

할머니가 사기를 당하고 있고 거기에 정신이 팔려서 맹탐정을 등한시한다? 이제야 뭔가 말이 되는 것 같았다.

“아저씨, 정말 감사해요. 아저씨는 정말 훌륭한 사람이에요.”

“뭐, 그렇게까지 말할 건 없고.”

"아저씨, 삶의 의미는 더 이상 찾지 마세요. 그분 없이도 충분히, 의미 있게 살고 계시니까."

"그 얘긴 더 하지 말고."

"아니에요, 아저씨 일도 아닌데 굳이 저를 불러서 도와주시는 거잖아요. 우리 할머니가 걱정돼서. 아저씨는 제가 본 누구보다 의미 있는 삶을 살고 계세요."

"너 눈치 없다는 이야기 자주 듣니?"

맹탐정이 고개를 끄덕였다.

"가 보고. 혹시 고소할 마음 있으면……."

아저씨가 실눈을 뜨며 손가락으로 자신을 가리켰다. 맹탐정도 도움받고 모른 척할 만큼 염치없는 사람은 아니라서 고개를 끄덕였다.

"여기로 올게요."

"많이 모아 와. 그럴수록 좋아."

"아저씨 근데, ……아니에요."

"말하다 말면 더 궁금해. 그냥 말해."

"아니, 아니에요."

"해, 하라고."

"화 안 내신다고 약속하면 말할게요."

아저씨는 이미 화가 난 듯 보였다.

"화 안 내."

"화나신 것 같은데요?"

"아니야. 화 안 났어."

"아니에요, 화나신 것 같아요."

"너는 진짜. 하아. 그래, 말하지 마. 그러는 게 낫겠다."

"아니에요, 그냥 말할게요. 아저씨, 법정에서 진짜 울었어요?"

아저씨의 얼굴이 확 붉어졌다. 선을 넘었나? 이럴 땐 재빨리 화제를 전환해야 한다.

"아저씨 근데, 아들 일로 거짓말하는 아버지가 세상에 어딨어요?"

"정확히 학폭은 아니라고 했다. 친구들이랑 싸웠다고 했지. 그리고 내가 진짜 처음이자 마지막으로 말하는데, 로펌에서 잘린 거 아니야. 내가 자발적으로 그만둔 거지."

"아저씨가 왜 우리 아빠랑 친했는지 알 것 같네요. 아빠랑 말하는 방식이 똑같아요. 그런데 딱 두 개 다른 점이 있어요."

아저씨가 눈썹을 까딱거렸다.

"우리 아빠는 최소한 자식은 안 팔아요. 그리고!"

아저씨가 껴들 것 같아 황급히 덧붙였다.

"아저씨는 아저씨가 해야 할 일이 무엇인지 정확히 알고 계시는 것 같아요. 할머니에게 도움이 필요하다는 걸 바로 알아챘잖아요."

아저씨가 하려던 말을 삼켰다가 다시 입을 열었다.

"나는 내 일이 마음에 들어. 원래는 소설가가 되고 싶었는데, 뭐 인생이 뜻대로 되나. 공부를 너무 잘한 게 문제였지. 부모님이 변호사 되고 나면 하고 싶은 거 실컷 하라고 했는데, 하다 보니 이 일이 좋네. 의뢰인이 겪은 일들을 듣다 보면 너무 속상해. 마치 내가 의뢰인이 된 것 같아."

법정에서 왜 울었는지 알 것 같았다. 프로페셔널하다고 말할 수는 없지만, 억울한 일이 생기면 아저씨를 찾아가고 싶어졌다. 아저씨와 아빠의 진짜 차이점을 알 것 같았다. 아빠는 자신의 일을 부끄러워하지만 아저씨는 자신의 일을 사랑했다.

"병률이랑 잘 지내 줘. 보기엔 말도 툭툭 내뱉고 털털한 것 같아도 누구보다 순진한 애야. 나를 닮았거든."

"그래 보여요. 아저씨를 닮았는지는 모르겠지만."

맹병률은 급식에 쓸 전복 직접 딴다는 말을 믿은 애다. 남이 자신을 속일 거라고 생각하지 못하는 것 같다. 아니면 굳이 남이 거짓말을 할 거란 생각을 못 하는 것일 수도.

순수한 사람은 반드시 상처를 받는다.

비밀은 반드시 새는 것과 같은 이치다.

변호사 사무소에서 나와 당장에 할머니 댁으로 달려갔다.

할머니의 분가를 받아들였던 건 오직 할머니를 사랑해서다. 한평생을 자식과 손주들 건사하느라 힘들었을 할머니에게 휴식을 주고 싶었다. 일어나고 싶을 때 일어나서 늦은 아침을 먹고 오후 내내 빈둥거리다가 늦은 저녁을 먹고 미스 마플이 나오는 추리소설을 읽다 잠이 드는 삶. 그런데 사기를 당하고 있다고?

집 안에서 말소리가 들려왔다. 조용히 살고 싶다더니 맨날 누군가를 초대하는 것 같다. 손녀만 빼고.

"할머니!"

문을 두드리는 손에 자꾸 힘이 들어갔다. 쿵쿵 쿵쿵쿵 쿵쿵쿵쿵. 문을 두드리면서도 설마 하는 마음이 들었다. 할머니가 누구한테 당할 사람인가? 그런데 사기는 당할 것 같은 사람만 당하는 게 아니니까 걱정되는 거다.

갑자기 안에서 들리던 소리가 툭 끊겼다.

"계신 거 다 알아요."

이번에도 모른 척이다.

"할머니 진짜!"

더 이상은 못 참는다.

"사기를 당하든지 말든지 알아서 하세요!"

맹탐정은 소리를 빽 지르고 돌아서서 계단을 내려왔다. 계단이 유난히 길게 느껴졌다. 뒤에서 문이 열리는 소리가 들렸다.

쫓아와도 소용없다, 내가 할머니랑 다신 말하나 봐라. 굳게 다짐했는데 "맹승지! 잠깐만." 소리가 들려왔다. 할머니가 아니라 명해 씨였다.

"왜요? 저 다시는 할머니 보러 안 올 거예요. 저 진짜진짜진짜 화났어요."

맹탐정은 지금 자신이 얼마나 화났는지 보여 주고 싶어서 일부러 어린애처럼 말했다.

"잠깐 들어와 봐."

명해 씨가 자기 집 문 앞에 서서 말했다. 정말 화가 났지만, 진짜진짜진짜 화가 났지만 명해 씨에게 화난 건 아니어서 명해 씨 집으로 들어갔다.

명해 씨는 뜨거운 물에 녹차를 우렸다. 그러곤 차가운 물을 타고, 얼음을 잔뜩 넣었다. 동그란 얼음이 컵 안에 둥둥 떠다녔다. 아이스녹차를 벌컥벌컥 마시다 보니 화가 좀 가라앉았다.

"할머니 진짜 너무하지 않아요? 아니 혼자 살아 보고 싶은 마음, 그거 알아요. 저도 이해해요. 물론 100프로는 못 하지만 암튼 이해하려고 노력해요. 그런데 집에 있으면서 문도 안 열어 주는 건 너무하잖아요!"

말할수록 다시 화가 올라왔다.

"아빠가 괜히 돌아온 것 같아요. 아빠가 안 왔으면 할머니가 집

나갈 일도 없었을 텐데."

"있잖아, 승지야."

명해 씨는 뜨거운 커피를 한 잔 내려 왔다. 언니는 곧 죽어도 뜨아다. 맹탐정은 여름엔 말할 것도 없고, 한겨울에도 아아가 좋았다. 여름이건 겨울이건 속에선 늘 열불이 나니까.

"할머니, 놔둬."

"제가 뭘 했다고요? 할머니가 사기당하는 것 같아서 구해 주려는 것뿐인데."

"사기?"

"할머니 요새 친구들이랑 몰려다니면서 프라이팬부터 이것저것 사잖아요. 그게 다 사기예요."

명해 씨가 피식 웃었다.

"완전히 잘못 짚었어. 네 할머니가 요새 몰두하는 일이 있어. 그리고 너한테 알리고 싶어 하지 않고. 모른 척해 드려. 그게 할머니를 위한 일이야."

"몰두하는 일이 있는 게 아니라 할머니는 지금 사기당하고 있다니까요!"

"아니라니까!"

명해 씨는 사건의 실체를 파악하지 못하고 있는 게 분명했다.

"됐어요, 사기를 당하든 말든 이제 신경 안 써요. 내 일도 아니고."

맹탐정은 명해 씨 집을 나섰다. 엄마보다, 아빠보다 할머니를 좋아했다. 대가를 바라고 좋아한 건 아니지만 배신을 당한 기분이었다.

할머니를 진짜 모르는 척해도 되는 걸까. 며칠 동안 고민만 하다 엄마에게 말했더니 "네 할머니, 그 시대에 남편도 없이 홀몸으로 자식 셋을 키우고 건물까지 산 사람이야. 그런 네 할머니가 사기를 당해? 차라리 네 아빠가 철이 들었다고 해라." 했다.

엄마는 할머니를 너무 믿는 게 문제다. 시어머니인데 자식 편을 안 들고 며느리 편을 들어 준 게 감사한 거겠지. 엄마 마음이 이해가 가면서도 답답하기도 했다.

책에서 봤다. 노인 한 명이 떠나는 건, 도서관 하나가 사라지는 것과 같다는 말. 노인은 경험이 많은 만큼 지혜가 있을 거라고 믿는 것이다. 하지만 노인은 어린이와 같다는 말도 있다. 나이가 들면 판단력이 흐려지고 자기중심적인 사고를 하게 된다는 뜻이다. 할머니라고 그러지 않는다는 보장이 없었다. 그런데 답답한 건 엄마도, 명해 씨도 할머니를 굳게 믿고 있다는 거다.

아빠는?

"네 할머니 봐 봐. 누구한테 당할 사람이야? 어머니가 밥장사로만 건물을 샀다는 게 오히려 말이 안 돼. 어머니가 다단계를 하셨을지도 몰라."

아빠와는 대화를 안 하는 게 상책이었다.

"할머니한테 갈 거야? 그럼 이것 좀 전해 줘."

안 가, 라고 하려다가 호기심이 생겼다.

"이거 USB잖아."

아빠가 고개를 끄덕였다.

"가져다드리면 알 거야."

"진짜 할머니가 사과할 때까진 절대절대 말하지 않겠다고 다짐했는데, 그래도 할머니가 사기당하는 걸 마냥 두고 볼 수는 없어. 이건 양심의 문제야."

"양심까지 나올 일인가. 암튼 미스 마플 스토리 중에 마지막 남은 하나라고 전해 줘."

"오디오북?"

"너네 할머니, 책 읽는 것보다 듣는 거 좋아해. 오디오북으로 나온 건 오디오북으로 듣고 아니면 나한테 녹음해 달라고 해. 키운 값이라나 뭐라나. 그런 말 안 해도 해 줄 텐데, 하여간 어머니도."

맹탐정은 USB를 받아 들고 할머니 댁으로 갔다. 솔직히 진짜 진짜, 정말정말 할머니와 말하고 싶지 않았지만, 할머니를 사랑했다. 할머니에게 외면당한 속상함은 사라지지 않지만, 속상함보다 더 소중한 게 있었다. 바로 할머니에 대한 사랑. 그 마음은 외면

할 수 없었다.

할머니 빌라에 도착한 맹탐정이 2층을 지나는데 할머니 집 문이 열렸다. 할머니 집에서는 쩡이네 슈퍼마켓 할아버지와 명해 씨가 같이 나왔다.

"선생님, 감사했어요."

맹탐정은 저도 모르게 계단 그림자 속에 몸을 숨겼다.

"선생님, 저도 감사했어요. 덕분에 새 삶을 살게 됐네요."

할머니와 쩡이네 슈퍼마켓 할아버지가 명해 씨를 향해 연신 감사하다는 인사를 했다. 뭐가 감사한 걸까?

"장님이 눈 뜬 것 같아요."

할머니가 말했다.

"할머니, 말씀 놓으세요."

"어째 그래요, 선생님인데. 그동안 깜깜하게 살았어요. 아무것도 안 보이는데 아는 척하면서. 일부러 책을 쌓아 두고 읽는 척했고요. 며느리가 굳이 그럴 필요 없다는데도, 그렇게 되더라고요. 도둑이 제 발 저린 격이죠."

머리가 멍했다. 할머니가 도대체 무슨 말을 하는 거지?

"저도 그래요. 며느리도 아들도, 손주도 몰라요. 마음 같아선 평생 모르게 하고 싶었는데, 막상 배우고 나니까 자랑하고 싶어요. 이 나이에 한글 배웠다, 하고요."

맹탐정은 조심스럽게 계단을 내려갔다. 빌라를 무사히 빠져나왔다. 계단이 컴컴해서인지, 마치 터널을 지난 기분이었다. 햇살 때문에 눈살이 저절로 찌푸려졌다.

그리스 로마 신화에 나오는 판도라의 상자가 떠올랐다. 열지 말았어야 하는 상자, 그 상자를 연 것만 같았다.

맹탐정은 어떻게 해야 할지 알 수 없었다. 해서, 용우에게 연락을 했다. 용우는 전화를 받지 않았다. 카톡도 확인하지 않았다.

"아 미친."

기운이 빠져서 화단 턱에 주저앉아 무릎을 감싸고 있는데 누군가 어깨에 손을 올렸다.

"얘가 욕도 하네."

명해 씨였다. 안도의 한숨을 내쉬었다.

"아니, 그게 아니라…… 언니는 언제부터……."

맹탐정은 우물거리다 말을 잇지 못했다.

명해 씨가 아이스커피를 만들어 줬다. 오백 원짜리 동전만 한 얼음이 둥둥 떠 있었다. 마시기도 전에 속이 시원했다. 벌컥벌컥 마시자 혼미했던 정신이 말똥해지는 것 같았다.

"근데 이건 뭐예요?"

맹탐정이 식탁에 놓인 종이 한 장을 집어 들었다.

낫 노코 기역짜도 모른다

- 강준구

친구랑 가치 것다가 친구는 오른쪼그로
나는 왠쪼그로 갔다네

친구는 핵교 가서 기역자를 배우고
나는 낫 들고 벼를 배였네

낫 노코 기역짜도 모른 채
뼈가 녹도록 일해 칠남매 대학까정 보냈네
박사도 있고 선생도 이찌만 아직도
세상이 어렵다고 아기처럼 울먹이네
자식이 울면 가슴이 미여지네

친구는 핵교 가고 나는 논으로 갔네
벼 배다가 핵교 가고 시퍼 고개를 숙이고 울던 때가 생각나네
그때도 서글프고 지금도 서글프네
느그들은 울지 말라고 뼈가 녹도록 일해 대학까정 보냈는데
뭐가 그리 내 새끼덜 힘들게 하는지

아가야 울지 마라 아가야 울지 마라 하면서 나는 목 노아 우네

죽을 때까정 낫 놓코 기역짜도 모르던 엄마 생각이 나네
엄마도 인생이 이러케 서글펐소
벼 배면서 어깨를 들써기며 우는 내를 보고
속 터진다 욕하면서 엄마는 제 가슴을 쥐어뜨덧네
보소, 얼마나 속상하셨소
얼마나 서글프셨소
엄마 맘 아프게 한 벌을 이제야 받나 보오
자식들 숨죽여 울 때마다
내한테 욕하며 제 가슴을 쥐어뜯으며 우는 엄마 생각이
머리에서 떠나지를 않네
기억은 가물해지고 몸에서 힘은 빠지고 날마다 늘거 가는데
그 기억만 또려타네

먼저 핵교 간 친구도, 내도, 이제는 엄마 따라갈 날만 남았네
후회도 미련도 업지만 서글픔은 사라지지를 않네

맹탐정의 마음도 덩달아 서글펴졌다. 시를 다 읽고 제목으로 돌아왔다.

강준구? 슈퍼 할아버지의 성함이었다. 엉망인 맞춤법이 눈에 들어왔다.

"우리나라 문맹률이 얼마나 되는지 알아?"

"문맹률……."

맹탐정은 자신이 믿고 싶은 대로 물었다.

"우리 할머니가 준구 할아버지를 가르치는 거죠?"

명해 씨가 입을 굳게 다물었다.

"아니에요?"

명해 씨는 이번에도 답하지 않았다.

"할머니는, 아니, 말도 안 돼. 할머니는 미스 마플을 읽어요. 추리소설을요."

"할머니가 읽는 모습 직접 봤어? 읽었다고 들은 건 아니고?"

할머니가 책 읽는 모습을 직접 본 적은 없다.

"오디오북. 늘 뭔가를 듣고 계시더라고. 클래식 좋아하신다고 해서 클래식 듣는 줄 알았는데, 오디오북이었어. 할머니가 먼저 찾아오셨어. 이사 온 첫날. 나는 떡 주시려는 줄 알았지. 근데 나한테 그러시더라. 글 가르친다며?"

"과외요?"

명해 씨가 고개를 끄덕였다.

"내가 논술 과외 하잖아. 그 얘기 하는 줄 알았지. 근데 그게 아니었어. 나한테 그러시더라고. 주위엔 비밀로 하고 글자 쓰는 법 좀 알려 달라고."

할머니가 아빠 때문에 집을 나간 줄 알았다. 한집에 살면서 보자니 속 터져서. 그런데 아빠 때문이 아니라 다른 이유가 있었다고?

할머니는 열두 살에 사촌 언니네서 식모살이를 시작했다고 들었다. 그러다 스물두 살에 할아버지를 만나 결혼을 하고 서른이 채 되기도 전에 혼자가 됐다. 할머니가 한글을 배울 시간이 있었을까? 그런데 왜 할머니는 아는 척했을까. 할머니 방엔 늘 책이 한가득이었다.

"승지야. 할머니가 글자를 모른다는 사실을 제일 숨기고 싶은 사람이 누군지 알아?"

맹탐정이 고개를 저었다. 그러다 이내 깨달았다.

"설마?"

명해 씨가 고개를 끄덕였다.

"다단계나 사기 같은 거 당하는 줄 알았는데……."

맹탐정이 떨구었던 고개를 치켜들었다.

"왜요? 저는 할머니가 한글을 알든 모르든 조금도 상관없어요. 저는요, 할머니가 세상에서 제일 자랑스러워요. 저는요, 아빠는 미워요. 불쌍해 보일 때도 있지만 그래도 미워요. 엄마도 미워요. 아빠 없이 언니랑 저, 맹똘이 키워 준 거 생각하면 너무 감사하지만,

그래도 미워요. 저만 보면 뭐라고 하잖아요. 그런데 할머니는 아니에요. 할머니는 제가 제일 좋대요. 언니보다도, 맹똘이보다도. 할머니는 저보고 항상 똑똑하다, 예쁘다 그래요. 제 마음도 안다고 하고요. 그런데 제가 할머니를 이해 못 하겠어요? 할머니가 한글을 알든 모르든, 저는 전혀 상관없어요."

"그래서. 그래서 그런 거야. 그 시대에 남편 없이 국밥 장사 하면서 자식 키우기가 얼마나 힘들었겠어? 얼마나 멸시당했겠냐고. 그런데 너는 달랐잖아. 할머니가 세상에서 제일 좋다, 제일 멋있다 그랬잖아. 그러니 너한테만은 들키고 싶지 않았던 거야."

맹탐정은 당장이라도 할머니한테 달려가고 싶었다. 3층으로 올라가서 "할머니, 저는 할머니가 한글을 몰라도 상관없어요. 그래도 세상에서 제일 좋아요."라고 말하고 싶었다. 그러나 그러지 않았다.

할머니의 마음을 다 알 순 없지만, 지켜 주고 싶었다. 손녀에게 들키고 싶지 않았던 할머니의 마음을.

"그럼 할머니 이제 한글 알아요?"

"아예 모르셨던 건 아니야. 가나다라마바사, 이런 건 아셨어. 근데 받침을 어려워하셔. '각'이랑 '강'을 잘 구분 못 하셔. 혼자서 한글공부 책 사다가 공부한 적도 있으시대. 근데 혼자는 너무 어렵다고."

명해 씨가 빙긋 웃었다.

“엄청 열심히 하셔. 재밌어하시고.”

“근데요, 요즘 용우 본 적 있으세요?”

“너는 있잖아, 커뮤니케이션에 살짝 문제가 있는 것 같아. 할머니 이야기 하다가 갑자기 용우 이야기가 왜 튀어나와?”

“할머니가 저를 피한 게, 제가 귀찮아서가 아니잖아요. 비밀을 감추기 위해서잖아요. 그럼 용우가 저를 피하는 것도 그런 이유일까 해서요.”

“아는 척할 거야?”

“뭘요? 할머니가 한글 모르는 거요?”

명해 씨가 고개를 끄덕였다.

“아니요. 할머니가 말해 주기 전까지 끝까지 모른 척할 거예요.”

눈물이 날 것 같았다. 뭐 때문이지?

“언니.”

눈물이 나는 이유를 알 것 같았다. 그건 할머니가 안쓰러워서였다. 할머니는 얼마나 마음 졸이면서 살았을까.

“할머니가 불쌍해요.”

“할머니는 네가 당신을 자랑스러워하길 바라실 거야.”

아이스아메리카노 말고 뜨거운 녹차가 마시고 싶어졌다. 마음이 시렸다. 좀비처럼 명해 씨 집을 걸어 나왔다. 비가 오고 있었다.

비를 맞아도 찝찝하지 않았다. 그런 걸 신경 쓸 겨를이 없었다. 할머니는 나의 자랑이다, 라고 맹탐정은 생각했다. 아빠는 알까? 할머니가 한글을 모른다는 걸. 아마 모를 것이다.

갑자기 비가 멈췄다.

“미쳤냐?”

고개를 들었더니 맹병률이었다.

“왜 비를 맞고 다녀.”

맹병률이 씌워 준 우산이 머리 위에 있었다.

“너, 우냐?”

“아니거든!”

“아니면 아니지 왜 소리를 질러.”

맹병률이 우산을 내밀었다.

“너 써라.”

받지 않자, 맹탐정의 손에 우산을 쥐여 주었다.

“울지 마.”

맹병률이 뒤돌아서며 손인사를 했다. 잠시 멋있다는 생각이 들었다. 어? 이게 아닌데?

“너, 죽는다! 멋있는 척하지 마!”

맹탐정이 뭐라고 하든 말든 맹병률은 그냥 갔다. 멋있다는 생각이 다시 올라왔다. 맹병률이? 맹병률이 멋있다고? 눈이 삐었구나.

그런데 자꾸 배시시 웃음이 났다.

"좋아하나?"

혼잣말처럼 구시렁거리면서 가고 있는데, 누군가 우산을 빼앗았다.

"뭐야."

용우였다.

"여기서 뭐 해?"

"너 기다렸어."

카페 근처였다.

"왜?"

"나, 헤어졌어."

"헤어져? 너, 연애했어?"

용우가 고개를 끄덕였다.

"언제?"

"두 달 됐어."

"내가 왜 몰랐지?"

"내가 말 안 했으니까. 비밀 연애였거든."

그놈의 비밀, 비밀, 비밀.

"왜 끝났는데?"

"더 이상 나랑 있는 게 즐겁지가 않대. 내가 너무 지루하대."

"네가? 미쳤네, 누구야. 가만 안 둬, 진짜."

맹탐정은 마치 자신이 그런 말을 들은 것처럼 화가 났다. 용우가 어때서? 재미는 좀 없지만 착하고, 착하고, 그래, 어쨌든 착하다.

"네가 좀 지루하긴 하지만. 그래도 뭐, 착하잖아."

"내가 지루해?"

"설마 몰랐어?"

용우가 눈을 동그랗게 떴다. 사람들은 대부분 자기가 어떤 사람인지 모른다. 자기 객관화가 되지 않기 때문이다.

"걔도 참. 딱 봐도 지루한 애랑 연애해 놓고, 지루하다고 뭐라 하는 건 무슨 경우래."

"너는 진짜. 됐다, 너한테 위로받을 생각을 한 내가 잘못이지."

"넌 그게 매력이야. 지루한 게. 그걸 모르는 애랑은 연애 같은 거 하지 마."

"그래? 그게 내 매력이야?"

맹탐정은 고개를 끄덕였다.

맹탐정이 할머니를 좋아한 건 할머니가 똑똑해서가 아니었다. 맹탐정을 있는 그대로 인정해 줬기 때문이다. 온전히 이해받는 기분, 그게 중요했다.

"너를 있는 그대로 받아 주는 사람을 만나."

"너는 연애 같은 거 안 하냐?"

"나는 지금 인생이 너무 복잡하거든? 연애 같은 걸 할 상황이 아니야."

"맹병률이 네가 제일 좋아하는 음식이 뭔지 묻던데? 좋아하는 영화랑 음악도."

"진짜야?"

용우가 고개를 끄덕였다.

"근데 너 애인은 어떻게 만났어?"

"어플."

"참 부지런하다."

용우는 완전 사랑꾼이었다. 늘 사랑을 쫓아다닌다. 사랑, 사랑, 사랑. 사랑이 뭐가 좋다고. 좋긴 좋지 뭐.

"근데 있잖아……. 내가 세상에서 가장 사랑하는 사람의 비밀을 알게 됐는데, 너무 속상해."

"너를 속여서?"

맹탐정이 고개를 끄덕였다.

"나를 속여서. 나를 속여야 한다고 생각해서. 그럴 필요 없는데. 근데 한편으로는 나한테만은 세상에서 가장 멋진 사람이 되고 싶은 마음도 이해가 돼. 그렇다면 나도 끝까지 비밀을 지켜 줄 거야."

"멋있어."

맹탐정이 고개를 돌려 용우를 쳐다보았다.

"아주 가끔이지만."

용우가 덧붙였다.

"됐어, 됐다고!"

용우의 성적 지향은 비밀일까 아닐까. 용우가 감추고 싶어 한다면 언제까지고 비밀을 지켜 줄 것이다. 그런데 용우는 알까? 맹탐정에겐 용우가 남자를 좋아하든 여자를 좋아하든 아무 상관 없다는 걸.

"근데, 맹병률이 진짜 내 얘기 했어?"

용우가 눈썹을 꿈틀거렸다. 느끼했다. 여자든 남자든 느끼한 건 딱 질색이다.

"어우, 느끼해. 헤어지자 할 만해. 누군지는 모르겠지만 아주 보는 눈이 있네."

"너 진짜!"

용우가 맹탐정의 등짝을 내리쳤다.

작년에 비를 맞고 걸었던 적이 있었던 것 같다.

완희 오빠한테 차였을 때였나? 서글퍼서 펑펑 울면서 집으로 갔는데 집 앞에 엄마가 있었다. 한 달 만에 본 엄마였다. 엄마가 그때 뭐라고 했었나? 잘 기억은 나지 않는다. 다만 앞으로도 또 이렇게 서글픈 순간이 찾아올 거라는 건 알았던 것 같다.

"요즘은 왜 집에 안 와?"

할머니가 오랜만에 카운터를 보고 있었다.

"오늘은 웬일로 오셨어요? 난 아이스커피."

"왜 안 놀러 오냐고."

"할머니가 나 별로 보고 싶어 하는 것 같지 않아서."

"저녁에 와, 짜장떡볶이 해 줄 테니까."

"내가 무슨 어린앤가. 짜장떡볶이? 용우도 같이 가도 돼요?"

"와이파이 비번이 뭐예요?"

손님이 물었다.

"여기 보시면 됩니다, 손님."

할머니가 a1254bua라고 적힌 메모를 가리키며 말했다.

"b예요, h예요?"

한글을 모르는 할머니가 영어를 알 리가 없었다.

"b네요, b."

맹탐정이 말했다.

"아휴, 요즘 눈이 어두워."

할머니가 시치미를 뗐다.

"짜장떡볶이 말고 매운 떡볶이 해 줘."

"말 많아, 말 많아. 하여간 말 많아."

할머니가 구시렁거렸다.

"다시는 오지 마세요."

그날은 할머니를 보러 간 게 아니라 명해 씨를 만나러 갔던 거였다. 명해 씨도 사실 걱정이라고 했다. 할머니가 동네 노인들과 봉고차를 타고 어딘가를 갔다 올 때마다 손에 냄비나 프라이팬, 무슨 키친타월 같은 게 들려 있다고.

명해 씨와 함께 할머니를 기다리고 있었는데 봉고차가 도착하자마자 운전사가 따라 내리더니 할머니 등을 떠미는 것이다.

"아니 왜. 나도 노래 듣고 싶은데."

"됐어요, 오지 마시라고요."

맹탐정이 큰 소리로 끼어들었다.

"왜 사람을 밀치세요?"

"에휴, 가, 가."

아저씨가 손을 거칠게 흔들었다.

"아니 사람이 양심이 있으면, 영중이 노래까지 들었으면 생명수 정도는 사 줘야 하는 거 아니에요? 맨날 와서 제일 싼 키친타월 하나에 프라이팬 하나. 미끼상품 외에는 지갑을 안 열어. 할머니, 앞으로 이럴 거면 오지 마세요."

"아니 사 줘도 지랄이야."

할머니가 역정을 냈다.

맹탐정의 입에서 비실비실 웃음이 새어 나왔다. 명해 씨가 쿡쿡 웃으며 먼저 들어갔다. 아저씨가 차문을 쾅 닫았다. 할머니는 떠나는 봉고차를 향해 소리쳤다.

"내가 미쳤다고 한 통에 3만 원짜리 물을 마셔? 관절 아프고 허리 굽었다고 정신까지 어떻게 된 줄 알아? 그래도 내가 양심이 있어서 비싼 공연 보고 나면 냄비라도 하나 사 줬네, 이 사람들아."

맹탐정의 엄지가 저절로 올라갔다. 할머니 걱정을 한 자신이 바보 같았다. 할머니가 씩씩거리면서 맹탐정을 쳐다봤다.

"너도 정신 똑바로 차려. 네 애비 보면 너도 걱정이야."

"갑자기 불똥이 왜 나한테 튀는데."

"걱정이다, 걱정이야."

할머니가 쯧쯧 혀를 찼다. 할머니는 언제나 안도감을 준다. 그게 엄마 아빠와의 차이다.

"국수 해 줄게, 따라와."

할머니 뒤를 쫄래쫄래 따라가는데 할머니가 뒤를 돌아보며 말했다.

"걱정돼서 나와 본 거야? 안 그래도 병률인가 병렬인가 애비라는 사람이 찾아왔어. 애비 고등학교 친구라고. 첨엔 기억이 안 났는데 몇 마디 대화 나눠 보니 생각이 나더라. 그이가 나더러 요즘 봉고차 타고 어디 물건 사러 다니는 거 아니냐고. 손주가 걱정 많이 한다고."

할머니가 코를 찡긋하며 다섯 살짜리 웃음을 웃었다. 맹탐정이 좋아하는 웃음.

"내 걱정 하는 사람은 세상천지에 승지밖에 없어."

"할머니가 우리 할머니라서, 얼마나 자랑스러운지 모르시죠?"

생각하고 한 말이 아니다. 뜬금없이 맹탐정 입에서 튀어나왔다.

"정말로. 할머니가 뭐, 어떻든."

할머니가 국수를 삶는 동안 선잠에 들었다. 할머니가 맹탐정을 툭툭 건드리며 국수 먹어, 라고 했지만 맹탐정은 깨고 싶지 않았다. 이대로 계속 자고 싶었다.

미움도 사랑의 일종일까?

루나가 맹병률과 나란히 앉아 대화를 나누고 있었다. 서로 어깨를 툭 치고 웃기를 반복했다. 맹병률이 일어나 자기 자리로 가자마자 루나에게 다가가 물었다.

"뭐야, 둘이 친해?"

"아니, 맹병률이 뭐 좀 물어봐서."

루나가 답했다. 그들을 지켜본 건 맹탐정만이 아니었다. 두 장우도 둘을 주시하고 있었다.

"뭘? 뭘 물어봤는데?"

맹탐정이 눈을 크게 뜨며 루나에게 더 바짝 다가갔다.

"비밀이야, 비밀."

세상엔 비밀이 왜 이렇게 많은지.

"야, 루나가 뭐래?"

루나가 얄미운 콧노래를 부르며 교실 뒤 사물함으로 가자마자 두 장우가 맹탐정에게 다가와 물었다.

"몰라, 왜 나한테 물어?"

둘이 사귀든 말든, 비밀 얘기를 하든 말든 무슨 상관이라고. 맹탐정은 애써 침착하게 대꾸했다. 두 장우가 실실 웃었다.

"너도 솔직히 궁금하잖아."

김장우였다.

"아닌데? 내가 왜? 저언혀."

"연기 진짜 못하네."

이건 이장우의 말.

"아, 루나가 그랬어. 세상에 남자가 너네 둘뿐이라도 절대 안 사귈 거래!"

"나도거든!"

두 장우가 동시에 말하고는 나란히 교실을 나갔다.

루나를 힐끗 보고 맹병률을 봤다. 맹병률은 주머니에 손을 넣은 채 교과서를 보고 있었다. 맹병률 책상엔 언제나 교과서가 펼쳐져 있었다. 전학 오기 전 학교에서 전교 1, 2등을 다퉜다고 들었다. 수능 만점자들이 교과서 중심으로 공부했단 말이 사실인 걸까.

"뭘 봐?"

맹병률이 건너다보며 물었다.

"나? 나? 나?"

"너, 너, 너."

"내가 뭘 보는데?"

"공부나 해. 너만 기말고사 안 보냐?"

"내가 공부하든 말든 네가 무슨 상관인데."

"둘이 사귀어?"

용우가 옆을 지나다 말고 물었다.

"하긴 병률이가 맹승지 스타일은 아니지."

용우의 말에 맹탐정은 어리둥절했다. 내 스타일? 맹병률이 내 스타일이 아니라니. 물론 내 스타일이란 말은 아니지만. 아니, 내 스타일인데? 맹탐정은 항변하고 싶었지만, 항변하는 순간 기류가 바뀔 거라는 걸 알았다.

"그래? 눈이 좀 낮나 보네."

대꾸하는 맹병률의 얼굴이 시무룩해 보인 건 착각일까? 그 순간 수업 종이 울렸다.

담임 쌤의 수업이었다. 문득 담임 쌤에게 나사 쌤에 대해 여쭤볼까? 하는 생각이 들었다. 담임 쌤은 작년에 전근을 오셨으니 나사 쌤을 본 적은 없을 테지만, 어디로 가셨는지는 알 수도 있으니까. 지난번 롯데리아에서 나사 쌤 닮은 사람을 본 후로 문득문득 나사 쌤이 떠오른다.

매정하게 우릴 버린 나사 쌤이.

"또야?"

책방 문을 열자마자 그 말이 튀어나왔다. 맹똘이가 소파에 쭈그려 앉아 책을 읽고 있었다. 키프가 그 옆에 얌전히 앉아 있는 게 웃겼다. 아빠와 맹똘이의 차이는 무엇일까? 간식이라면 아빠가 더 많이 주는데.

"뭔 상관이야."

맹똘이가 책을 덮으면서 말했다.

"이게 진짜."

맹똘이가 전투적인 눈빛으로 맹탐정을 바라봤다. 한 대 치겠다, 라고 하려고 했는데 정말 칠 것 같은 눈빛이라서 눈길을 돌렸다. 무서워서는 아니다. 양심이라고 해야 할까. 그래, 양심이다.

재작년만 하더라도 굳이 따지자면 맹탐정이 문제였다. 맹똘이를 향해 이유 없이 짜증을 내고 구박하기 일쑤였다. 그러다 작년부터 맹똘이가 조금씩 변했다. 라면도 한 봉지가 아니라 두 봉지씩 먹었다. 키도 쑥쑥 크고 어깨도 넓어졌다. 예전처럼 대하면 안 되는데 생각하면서도 얼굴을 보면 자꾸 놀리고 싶어졌다.

"라면 먹을래?"

맹똘이가 답하지 않았다.

"두 개 끓여 줄게. 아니다. 신라면 두 봉지에 짜파게티 한 봉지. 총 세 봉지."

맹똘이가 뿌루퉁한 표정으로 고개를 저었, 아니 끄덕였다. 맹똘이랑 책방을 나서는데 키프가 맹탐정을 향해 하악거렸다. 마치 자기 생선을 빼앗긴 고양이 얼굴이었다.

집으로 올라가 약속대로 라면을 끓여 줬더니 맹똘이가 쉬지 않고 젓가락을 놀렸다. 마치 진공청소기 같은 흡입력이었다.

"급식 안 먹냐?"

대답이 없었다.

"학교 끝나고 친구들끼리 떡볶이 같은 거 안 사 먹어? 왕따냐?"

"아이 씨."

맹똘이가 젓가락을 식탁에 탁 소리 나게 내렸다.

"아니, 내 말은."

맹똘이가 씩씩거리며 자리에서 일어서더니 방문을 쾅 소리 나게 닫고 들어갔다. 세상에서 제일 좋아하는 라면을 남긴 것이다. 낯설었다. 맹똘이에게 무슨 일이 일어나고 있는 게 분명했다. 처음엔 복수인 줄 알았다. 맹탐정이 함부로 대했던 지난날에 대한 복수. 그런데 맹탐정의 촉이 말하고 있었다. 그런 게 아니라고.

왕따냐? 맹똘이는 이 말에 반응했다.

그러고 보니 설사랑도 요즘 놀지 않는다. 설사가 누구인가. 맹똘이의 절친이었다. 당연히 본명일 리는 없고 별명이 설사다. 본명 설재준. 딱 초딩스러운 발상이다.

맹탐정은 재준이네로 가 볼 채비를 했다.

무작정 뛰어나가다가 핸드폰을 놓고 온 걸 떠올렸다. 다시 문을 열었다가 식탁에서 짜파게티를 먹고 있는 맹똘이와 눈이 마주쳤다. 맹똘이가 젓가락을 내려놓고 방으로 들어갔다. 순간이동인 줄 알았다.

"다시 안 들어올 테니까 그냥 먹어. 남기면 엄마한테 혼나."

핸드폰을 들고 나가려는데 식탁에 놓인 약봉지가 눈에 들어왔다.

아까는 못 봤었다. 약봉지에는 '맹승현'이라고 적혀 있었다. 어디 아픈가? 여름감기는 아닐 텐데.

"근데 너 어디 아파?"

맹똘이가 방에서 쏜살같이 나오더니 약봉지를 낚아챘다.

"왜 남의 물건에 손을 대!"

손을 댄 적은 없는 맹탐정으로서는 억울한 부분이 많았지만 맹똘이의 눈에 눈물이 그렁그렁해서 참았다. 몸은 갑자기 컸는데 마음은 아직 아기 같다. 내 동생이어서 그런가? 아기와 어린이 사이. 어린이와 어른 사이. 그 경계 어딘가에 맹똘이가 있었다.

재준이네는 과일가게를 했다. 과일가게 주변을 어슬렁거리면 재준이와 만날 수 있다. 아니면 수학학원에 가면 된다. 산이군엔 수학학원이 딱 두 곳밖에 없다. 재준이가 다니는 수학학원이 어딘지는 조금만 수소문해 보면 알 수 있다.

맹탐정이 맹똘이의 일에 적극 가담하는 건 맹똘이를 사랑해서가 아니다. 좀 전에 말했듯이 양심 때문이다.

사춘기를 방패 삼아 맹똘이를 구박했던 일. 그래서 업보라는 말이 있나 보다. 다른 말로는 인과응보. 이번에 맹똘이의 근심을 말끔히 해결해 주고 그 죄책감에서 벗어날 것이다.

"설사!"

재준이가 제 몸만 한 가방을 메고 걸어오고 있었다. 설사, 라고 하면 화를 낼 줄 알았는데 재준이는 아예 모른 척을 했다.

"설재준! 나, 안 보여?"

맹탐정이 방방 뛰었다. 재준이가 갑자기 몸을 비틀어 왔던 길을 되돌아갔다. 뭐야? 맹탐정이 멍청하게 서 있다가 재준이가 간 방향을 향해 달려갔다.

역시 중학생이 초딩을 이기기는 무리였다. 얼마 따라가지 못해서 재준이의 향방을 아예 놓쳐 버렸다.

용우는 철학자가 됐다. 한동안 맹탐정보다 추리를 잘하는 척 잘난 척을 했었는데 갑자기 우울해져서는 삶에 의미가 없다고 한다.

"그러니까 네 생각엔 둘이 싸운 것 같다는 거야?"

용우가 고개를 끄덕였다.

"그리고 네가 참견하는 게 오바인 것 같다는 거야. 너랑 나랑 다퉜는데 승옥이 누나가 참견한다고 생각해 봐."

용우가 고개를 절레절레 흔들었다.

"아니, 걔가 원래 집에 붙어 있질 않거든? 학교 끝나면 축구 한 다 게임 한다, 같이 사는 게 아니라 무슨 하숙하는 애 같아. 근데 요즘엔 맨날 책방에 처박혀 있어. 아빠를 그렇게 싫어하는데. 뭔가 이상하지 않아?"

용우가 아이스커피를 쪽쪽 빨아 마셨다.

"이상한 건 너야. 사람들은 원래 변해. 원래는 말이 많았는데 갑자기 말수가 적어질 수도 있고 아니면 갑자기 활발해질 수도 있는 거야. 너는 조용했던 사람은 평생 조용해야 한다고 생각해?"

용우가 열변을 토했다.

"너, 헤어진 게 아니라 차인 거지? 맞지?"

"너는 없는 게 진짜 많은데, 그중에 가장 없는 건 눈치야."

"그래, 정보 고맙다. 너한테 없는 건 뭔지 알아?"

용우가 전혀 궁금하지 않다는 듯 얼음만 남은 아이스커피를 쓱쓱 소리가 나게 빨아 먹고는 자리에서 일어났다.

"너무 파고들지 마. 원래 싸우면서 크는 거야. 친구 관계까지 관여하는 건 아닌 것 같아."

동생을 도와주고 싶었는데 월권일까? 더 이상 관여하지 않는 게 맞을까? 맹탐정도 친구와 다툰 적이 있다. 많지는 않지만. 그보다 손절당한 적은 많다. 소통이 안 된다나 뭐라나. 그래도 괜찮았다. 맹탐정은 손절하기보다는 손절당하는 게 낫다고 생각하는 편이었다. 누군가에게 손절을 당했다면 물론 상처를 받겠지만, 누군가를 손절했다면 상처를 주는 쪽일 테니까.

"나한테 없는 게 뭔데?"

나가려던 용우가 돌아와 물었다.

맹탐정이 검지로 자신을 가리켰다.

"나. 앞으로 너한텐 내가 없을 거야."

"감사합니다, 하느님. 제 기도에 이제야 응답해 주시네요."

용우가 카페를 나갔다. 이 모든 걸 지켜보고 있던 엄마가 맹탐정을 향해 혀를 찼다.

용우 말대로 친구끼리의 싸움이라면 걱정할 일은 아니다. 누나가 그런 것까지 참견하는 게 오히려 이상한 일일 것이다. 그런데 맹탐정 안에 있는 촉이 또 말하고 있었다. 단순 싸움이 아니라고.

"엄마. 승현이 이상해, 요즘."

"심심해? 그럼 공부라도 좀 해. 너 중학교 3학년이야. 도대체 뭐가 되려고 이 모양인지."

엄마도 용우와 비슷한 말을 했다. 내가 정말 과민반응하는 걸까? 그랬으면 좋겠다고 생각하면서도 아닐 것 같다는 예감이 밀려왔다. 슬픈 예감은 보통 맞는다.

"엄마, 승현이 일, 보통 일 아니야. 아니었음 좋겠는데 아닌 게 아닌 것 같아."

맹탐정이 진지하게 말했다.

"어이고. 너는? 그럼 너는?"

역시나 엄마는 진지한 대화를 할 상대가 아니었다.

"할머니, 약장수들한테 쫓겨난 거는 알아?"

"그럼 다시 들어오신대?"

"엄마는 진짜 아무것도 몰라. 아빠에 대해서도 할머니에 대해서도 맹똘이에 대해서도."

"그래 내가 뭘 알겠니이~~."

엄마가 니이, 를 노래처럼 흥얼거렸다. 엄마를 도저히 이길 수가 없다. 그건 확실하다.

재준이가 아무리 피해도 매번 도망칠 수는 없다. 맹탐정이 재준이네 과일가게에서 기다린 지 사흘째였다. 이번엔 골목에 숨어 있다가 재준이가 과일가게에 들어서는 순간 튀어나왔다.

"잠깐 이야기 좀 해. 물론 명령이야."

재준이가 맹탐정을 따라왔다. 취조를 하면서 물만 먹일 순 없는 법. 산이군에 하나밖에 없는 롯데리아로 왔다. 무려 햄버거 세트를 시켜 줬다.

"솔직히 제가 지금 이걸 먹고 있을 때가 아닌데."

재준이가 햄버거를 입안 가득 문 채로 말했다. 콜라도 쓰으읍 소리가 날 때까지 빨아 마셨다.

"왜 이걸 먹고 있을 때가 아니야?"

"승현이 누나잖아요."

"내가 햄버거 처음 사 준 것도 아니잖아."

재준이가 고개를 끄덕였다.

"근데 그땐 친구 누나였고 지금은 아니니까."

"둘이 싸웠어?"

재준이가 대답하지 않았다.

"싸운 건 아니야? 싸우진 않았는데 말은 하지 않는다?"

대답하지 않음으로써 대답하는 방법도 있다. 재준이가 마지막 남은 한 입을 먹고 자리에서 일어섰다.

"물어봐 주세요, 누나가. 왜 나랑 말을 안 하냐고. 설마 그거 때문이냐고."

무슨 일이 있기는 있었다.

재준이를 보내고 집으로 돌아오는데 맹병률과 루나가 아이스크림을 먹으면서 앞에서 걸어왔다. 맹탐정은 자신도 모르게 정육점으로 숨어들었다. 둘에게 자신의 모습을 들키고 싶지 않았다.

맹병률이 루나를 보면서 낄낄거렸다. 인정하고 싶지는 않지만, 루나는 예뻤다.

두 장우가 루나를 좋아하는 것도 이상하지 않다. 남자라면 당연히 좋아할 만하다. 맹병률도 남자니까 좋아하는 게 당연했다.

맹탐정을 짝사랑하는 남자가 세상에 있을까?

맹탐정이 괜히 발로 바닥만 찼다. 사랑받고 싶은 마음은 누구에게나 있을 것이다. 맹탐정은 그 마음에 응답받은 적이 없었다.

- 학교폭력의 심각성이 사회적 이슈가 됨에 따라 인기 스타들의 과거 행적이 조명을 받고 있습니다. 최근 데뷔한 아이돌 그룹 식스식스센스의 멤버…….

정육점에 있는 텔레비전에서 뉴스가 흘러나왔다. 밖을 내다보니 맹병률과 루나는 더 이상 보이지 않았다.

"안 그래도 오전에 네 할머니도 다녀갔어. 손녀가 좋아한다고 돼지등뼈를 네 근이나 사 갔어."

정육점 아줌마가 말했다. 한숨이 흘러나왔다.

"오라는 소리 없었는데요."

"연락 가겠지. 아무리 등뼈라도 네 근을 혼자 어떻게 드시겠어."

뒤에서 정육점 문이 열렸다.

"왔어? 뭐 줄까?"

돌아보니 맹병률이었다. 루나는 어디 가고 혼자 온 걸까?

"할머니가 삼겹살 두 근 사 오래요."

"파랑 상추 좀 챙겨 줘?"

"상추는 집에 많아요."

"하여간 집에 가만히 못 계시지. 텃밭에 뭘 그렇게 심으시는지. 아버지 일은 잘돼 가? 시골 촌 동네에 무슨 사건이 있겠어."

"엄청 바쁘세요. 이웃끼리 툭하면 고소 고발 한다고 찾아온대요."

아줌마가 헛기침을 했다.

"참, 아빠가 사무소로 오래."

아줌마한테 고기를 받아서 나가다 말고 맹병률이 말했다.

"나?"

맹병률이 고개를 끄덕였다.

"왜?"

맹병률이 어깨를 으쓱했다.

"같이 가. 나도 가는 길이야."

맹탐정이 정육점을 나와 변호사 사무소로 발걸음을 옮겼다. 맹병률은 검정 봉지를 손에 들고 맹탐정 옆에서 나란히 걸었다.

"바빠 죽겠는데 아저씨는 왜 자꾸 보자는 거야."

맹탐정이 괜히 툴툴거렸다.

"너, 용우랑 친하냐?"

맹탐정이 고개를 끄덕였다.

"사귀어?"

"돌았냐?"

이 미친놈. 욕이 나올 뻔한 걸 간신히 참았다.

"둘이 맨날 붙어 다니길래. 아니야?"

맹탐정이 걸음을 멈췄다.

"첫째! 나는 눈이 높아. 아주 높아. 끝을 알 수 없을 만큼 높아. 둘째! 걔 실연당한 지 얼마 안 됐으니까 거기다 대고 나랑 사귀니 뭐니 그런 말 늘어놓지 마."

맹병률이 눈썹을 으쓱했다. 습기가 엄습해 오는 기분이었다. 가만히 있어도 땀이 찼다. 삼겹살이 상하지 않을까? 빨리 냉장고에 넣어야 하지 않을까? 하는 생각이 들었다.

"뭐 아니라니 다행이고."

맹병률이 배실배실 웃으면서 몸을 돌려 반대 방향으로 갔다. 아저씨 사무소 가는 길이라고 하지 않았나.

사무소 문을 열자 아저씨가 안경 너머로 맹탐정을 바라봤다. 꼴뚜기 같다. 아빠와 아들이 하나도 안 닮았다.

"무슨 일이야?"

"네? 저 부르셨잖아요."

"내가?"

맹탐정이 고개를 갸웃거렸다.

"에휴, 놀러 오고 싶으면 그냥 와. 무슨 핑계는. 할머니, 사기당하신 거 맞는지 확인은 했어?"

"제가 왜 여길 놀러 오고 싶겠어요. 아저씨라면 아저씨 만나러 오고 싶겠어요?"

맹병률 진짜. 아까 용우랑 사귀냐고 했을 때 뒤통수를 한 대 때렸어야 했다.

"할머니는 사기꾼들한테도 문전박대당했어요. 다신 오지 말라고."

"아니, 왜?"

"우리 할머니, 혼자 힘으로 국밥 장사 해서 아들 대학 보내고 건물까지 사신 분이에요. 것도 까막눈으로요. 만만히 볼 사람 아니에요."

"까막눈이셔?"

맹탐정이 눈을 질끈 감았다. 비밀인데.

아저씨한테 비밀이라고 신신당부를 했다. 아저씨는 내가 그런 걸 어디다 말하냐고 핀잔을 줬다. 할머니의 비밀을 말해 버렸다는

데서 오는 자책감 때문에 괴로워야 하는데 자꾸 웃음이 났다. 맹병률은 맹탐정이 용우랑 사귀는지 물어보고 싶어서 아저씨가 맹탐정을 불렀다는 거짓말을 한 것이다.

그게 왜 궁금할까? 나를 좋아해서? 그런데 왜 루나랑 붙어 다니는 거지?

"문 닫고 가. 에어컨 바람 나가니까."

맹탐정은 문을 반쯤 열어 두고 나왔다. 하루 종일 사무소에 앉아 심심했을 아저씨를 위한 선물이었다. 그러나 맹탐정의 마음과 달리 아저씨는 재밌지 않은 모양이었다. 계단을 내려가는데, 문이 쾅 닫히는 소리가 들렸다. 욕도 얼핏 들은 것 같았다.

문을 열자, 꼬질꼬질한 맹똘이 운동화가 보였다. 보기만 해도 냄새가 날 것 같았다. 엄마가 이불 빨래를 널고 있었다.

"맹승현, 수학학원 가는 날 아니야?"

"승현이는 초등학교 3학년이야. 단순히 생각해 봐도 누가 수학학원에 가야 되겠어? 너는 왜 안 다녀?"

엄마랑 대화하기 대 아빠랑 대화하기를 선택해야 한다면 차라리 키프랑 대화하는 게 나을 것 같았다.

"이불은 왜 이렇게 자주 빨아? 누가 보면 엄청 살림 잘하는 줄 알겠네."

"얘는 이불을 빨아 줘도 뭐라고 하네."

"언제 내 이불 빨아 줬어? 맨날 맹똘이 이불만 빨아 주니까 그렇지."

"그거야……."

"엄마! 밥 줘!"

엄마가 뭔가를 말하려는데 맹똘이가 방문을 열고 나왔다. 타이밍이 수상했지만 물어도 말해 주지 않을 것이다. 방법은 하나다. 탐문수사! 아니 취조! 설재준이 말해 주지 않는다면 다른 애들한테 물어보면 된다.

수업이 끝나고 애들이 우르르 학원 건물을 빠져나왔다. 마침 얼굴을 아는 애들이 보였다. 준태와 민준이.

"너네 아이스크림 먹을래?"

"엄마가 아이스크림 사 준다는 어른 있으면 절대 따라가면 안 된다고 했는데."

"그럼 너네 꿀밤 맞을래?"

"아이스크림 먹을게요, 그냥."

슈퍼로 가는 길에 뒤에서 "승현이가 자기 누나 마녀라고 했잖아. 진짜 마녀 같다." 그런 말들이 들려왔다.

"다 들리거든?"

"야, 다 들린대. 근데 목소리도 마녀 같다."

"그 말도 들리거든?"

준태와 민준이가 입을 삐쭉 내밀었다.

둘은 예의만 없는 게 아니라 양심도 없었다. 아이스크림 중에서도 가장 비싼 구슬아이스크림을 골랐다. 이런 건 보통 유치원생들이나 먹지 않나. 맹탐정은 초콜릿과 아몬드가 듬뿍 들어간 콘을 골랐다.

셋이서 나란히 슈퍼 앞 벤치에 앉아 아이스크림을 먹었다. 역시 맹탐정이 고른 콘은 맛있었다. 달콤한 초콜릿과 고소한 아몬드는 얼마나 환상적인 조합인지. 단맛과 고소한 맛을 동시에 먹었다는 것만으로도 태어나길 잘했다는 생각이 들었다.

"너네 그거 알지? 인간 사회에는 상도덕이라는 게 있어. 다른 말로는 기브 앤 테이크라고. 내가 너희한테 아이스크림을 사 줬으니 너넨 나한테 뭘 해 줘야 할까?"

"그냥 하고 싶은 말 하세요."

준태가 구슬아이스크림을 입에 털어 넣었다.

"단도직입적으로 물을게. 승현이랑 재준이 왜 싸운 거야?"

"싸운 게 아니라 맹승현이 갑자기 설재준이랑 안 노는 거예요."

"왜?"

"그거 맛있어요?"

준태가 맹탐정의 아이스크림을 뚫어지게 쳐다봤다.

"침 묻은 건데."

"그럼 더 맛있죠. 한국 음식은 침맛이잖아요."

맹탐정이 애써 미소를 지으며, 아이스크림을 내밀었다.

"급식 먹고 축구하다가 들어왔는데 승현이가 재준이한테 '너 어떻게 이럴 수가 있어?' 하더니 그때부터 둘이 말을 안 해요. 재준이는 몇 번 말시켰는데 계속 무시당하니까 말 안 시키고요."

"그러니까 왜 그런 거야?"

"아이스크림 하나 더 먹고 싶다. 그치?"

준태가 민준이한테 말했다.

"응. 누가 사 주면 좋을 텐데."

이번엔 민준이였다.

"야! 내 눈 똑바로 봐. 너네 모르지?"

준태와 민준이가 고개를 끄덕였다.

"아이, 진짜."

손이 올라갈 뻔했지만 가까스로 참았다. 맹탐정은 폭력을 누구보다 싫어하니까.

"알 만한 애들 없을까?"

"아이스크림 먹고 싶다."

결국 아이스크림을 하나씩 더 사 준 후에야 슬아한테 가 보라는 말을 들었다. 슬아는 잘 모르는 애였다. 모르는 애한테 가서 대뜸 재준이와 맹똘이가 싸운 이유를 알려 달라고 하는 것도 웃겼다.

용우는 슬아를 알까? 두 장우는? 산이군은 작은 동네다. 이웃집 숟가락 개수까지는 몰라도 누가 사는지 정도는 안다.

맹탐정이 용우에게 묻고, 용우는 두 장우에게 묻는 식으로 슬아가 누구냐는 질문이 산이군에 퍼져 나갔다. 그리고 맹탐정을 찾아왔다! 슬아가.

"왜 저에 대해 물어보고 다니세요?"

맹탐정은 당장에 느꼈다. 보통 애가 아니라는 것을. 심지어 팔짱까지 끼고 있었다. 맹탐정이 입을 열려는데 슬아가 "잠깐만요. 언니가 맹탐정이라는 거 알아요." 했다.

"맹승현 누나라는 것도. 지금 설재준이랑 맹승현이랑 왜 싸웠는지 물어보려고 한다는 것도."

"말 좀 하자!"

"왜 반말이세요?"

"말 좀 합시다! 됐냐?"

세상에서 제일 힘든 건 초딩 상대하는 일이다. 초딩 한 명도 아니고 여러 명을 만나러 다니다 보니 차라리 아빠와 있는 게 낫겠다는 생각이 들 정도, 아 그건 아니다.

"떡볶이 사 줄게. 아니면 뭐 다른 거 먹을래? 파스타? 스테이크?"

"저는 몰라요. 둘이 왜 싸웠는지. 저랑 재준이랑 이야기하고 있었는데, 그걸 맹승현이 들은 거예요. 그러더니 갑자기 저래요."

"무슨 얘기를 하고 있었는데?"

"그걸 몰라요. 저도, 재준이도. 진짜 생각이 안 나요. 급식 메뉴 이야기 했던 것 같은데. 저희도 처음엔 화를 풀어 주려고 했는데 점점 심하게 화를 내잖아요. 아니 이유를 알아야 사과를 하든 말든 하죠. 저도 진짜 답답해요. 언니가 좀 알아봐 주세요. 언니, 탐정이잖아요."

"나, 탐정 아니야. 은퇴했어. 너한테 물려줄게, 탐정 자리. 네가 해."

"제가 왜요? 그거 해 봤자 뭐가 좋다고. 비웃음이나 당하지."

초딩 앞에서 화내기 금지.

"농담이에요, 언니. 떡볶이는 나중에 사건 해결하면 사 주세요. 저한테 꼭 알려 주셔야 해요, 승현이가 왜 그러는지."

"너도 잘 생각해 봐. 무슨 이야기를 했었는지."

설재준과 이슬아의 차이점은 설재준은 뭔가를 눈치챘다는 거고 이슬아는 전혀 눈치채지 못했다는 거다.

설재준은 그랬다. 설마 그것 때문에 그랬겠냐고.

설마 그것. 그게 핵심이다.

오랜만에 가족들이 다 모였다. 승옥 언니도 정주시에서 왔다. 몇 달 후면 수능이라서 요즘은 부모님도 굳이 오라고 하진 않는다. 그러나 할머니는 다르다. 틈만 나면 오라고 한다. 성적보다 중요한 건 마음을 다스리는 일이라고. 네 아빠를 보고도 모르냐고.

언니는 집에 오기 전에 할머니한테 먹고 싶은 걸 말해 둔다. 삼겹살, 양장피, 카레 등등. 그럼 할머니가 해 주기도 하고 시켜 주기도 한다. 이번 주엔 삼겹살이 먹고 싶다고 했다. 아빠는 냉면에 갈비를 먹자고 했지만 당연히 누구도 귀담아듣지 않았다.

"이젠 세 근도 부족하네. 승현이가 혼자 한 근은 먹으니. 많이 먹어. 클 때라서 그래."

할머니가 말했다.

맹똘이는 고기가 다 익기도 전에 입에 집어넣었다. 고기가 아까운 건 아닌데 몸 안에 기생충이 자랄까 봐 걱정됐다.

"진짜 걱정돼서 그러는데 너 그렇게 먹다간……."

"내 걱정 하지 마."

"너나 잘하는 게 어떻겠니?"

아빠였다. 손님을 어떻게 대해야 할지 몰라서 고민하길래 말끝마다 "~겠습니까?"를 붙이라고 했더니 가족에게도 사용하고 있다. 승지야, 입 좀 다물면 안 되겠니? 승지야, 라면 좀 끓여 주면 안 되겠니? 역시 말투가 문제가 아니라 내용이 중요하다.

"공부는 잘돼 가니?"

아빠가 언니한테 물었다. 언니는 별말 없이 고개만 끄덕이고 고기 한 점을 입에 넣었다.

언니는 아빠가 밉지 않다고 했다. 그러나 좋지도 않다고. 맹탐정은 아빠가 밉고 안쓰럽고 때때로 좋았다. 맹똘이는 아빠가 밉다고 했는데 책방에는 자주 간다. 미움도 사랑의 일종일까. 그렇다면 언니는 아빠를 사랑하지 않아서 아빠 때문에 마음 아플 일은 없을 것이다.

"에미 꺼네. 허성실."

할머니가 어지럽게 놓여 있던 우편물 중 하나를 들더니 말했다.

"허성실 님 귀하. 봐 봐, 이렇게 씌어 있잖아."

아무도 할머니의 말을 주목하지 않았다. 그저 삼겹살 먹기 바빴다. 그러나 맹탐정은 알았다. 할머니가 지금 스스로 얼마나 뿌듯해하는지를. 할머니가 한글을 모를 거라고 누가 상상이나 하고 있을까. 아빠는 죽었다 깨어나도 모를 것이다.

엄마가 맹탐정의 밥그릇에 고기를 올려 줬다. 맹탐정이 엄마한테서 집게를 빼앗아 고기를 구웠다. 아빠는 집에 들어온 이후로 가족의 일원이 되려고 많이 노력했지만 고기를 구우면 당연하다는 듯이 먹는 쪽이었다. 아마 평생 고쳐지지 않을 것 같다.

맹똘이는 밥에 된장찌개까지 비벼 먹은 후에야 자리에서 일어섰다. 부엌에서 물을 마시곤 물컵을 가지고 방에 들어갔다.

약봉지.

남의 방을 뒤지는 게 나쁜 거라는 걸 맹탐정이라고 왜 모르겠는가. 당연히 안다. 그러나 뒷조사가 없는 추리는 앙꼬 없는 찐빵이나 다름없다는 것도 잘 알고 있다. 탐정이기에, 직업적 소명을 다하기 위해, 아니, 아니지. 누나이기에 누나로서의 소임을 다하기 위해서 맹똘이가 화장실 간 틈을 노려 방에 몰래 들어가서 약봉지를 핸드폰으로 찍었다.

"같이 가요, 할머니."

뒷정리를 끝내고 집을 나서는 할머니를 따라나섰다. 할머니는 얼굴이 점점 좋아지는 것 같았다.

"혼자 사니까 좋아요?"

"요즘은 왜 안 놀러 와?"

"그냥요. 혼자 계시고 싶다고 나갔는데 제가 자꾸 가면 귀찮을까 봐요."

할머니가 걸음을 멈췄다.

"이젠 괜찮아. 언제든 와."

할머니가 환하게 웃었다.

준구 할아버지가 쓴 시가 떠올랐다.

먼저 핵교 간 친구도, 내도, 이제는 엄마 따라갈 날만 남았네
후회도 미련도 업지만 서글픔은 사라지지를 않네

할머니도 후회도 미련도 없을까. 자식 다 키워 놓고 근심 걱정 없어졌을 때 가장 하고 싶었던 일이 한글 배우기라니.

할머니와 헤어지고 약국으로 향했다. 약국에 들어가자 약사님이 아는 척을 했다. 맹탐정네 가족들이 이용하는 약국이었다. 약사님께 약봉지를 찍은 사진을 내밀었다. 이곳에서 처방받은 약이었다.

약사님은 의료법 위반이라 자세히 알려 줄 수는 없다고 하면서 '에나폰정'을 인터넷에 검색해 보라고 했다.

얼마 지나지 않아 맹탐정은 엄마가 왜 그렇게 맹똘이의 이불을 자주 빠는지 알게 되었다.

맹똘이는 급격하게 자라면서 몸과 마음의 밸런스가 무너진 것이다. 아니, 무너진 게 아니라 몸의 성장 속도와 마음의 성장 속도가 다른 게 당연한 것인지도 모른다. 맹탐정은 할머니의 비밀도 그렇듯 맹똘이의 비밀도 묻어 둬야 한다는 걸 본능적으로 깨달았다.

"어디 다녀와?"

카페 앞에 언니가 나와 있었다.

"약국."

언니에게는 말해도 되지 않을까? 아니야, 언니한테도 말하면 안 돼. 마음이 흔들렸다.

"말해, 그냥."

맹탐정은 한숨을 깊게 내쉬고 맹똘이의 비밀에 대해 말했다. 언니는 어깨를 으쓱하며 "몰랐어? 같이 살잖아." 했다.

"언니, 알았어?"

언니가 고개를 끄덕였다.

"어떻게 몰라? 매일 보는데?"

맹똘이한테 크게 관심이 없었다. 할머니한테 그랬듯이. 매일 보는 사람이니까. 말 그대로 가족이니까.

"언니, 만약에 이게 언니 일이라면, 아무한테도 알리고 싶지 않겠지?"

언니가 고개를 끄덕였다.

"창피한 일이라고 생각하지는 않아. 근데 그건 열아홉 살인 지금의 생각이고, 열 살로 돌아가면 창피할 것 같아. 그 마음까지 옳다 그르다, 할 수는 없는 거잖아."

맹탐정도 사실 놀라긴 했다. 열 살인데? 아직도? 그러다 그래, 그럴 수 있지, 로 생각이 바뀐 지 몇 분 되지 않았다. 그런데 당사자는 어련할까. 얼마나 창피할까. 언니 말대로 그 마음까지 잘못이라 말할 수는 없는 거였다.

"언니, 그런데 혹시 무슨 일 있어?"

"왜? 문제 있어 보여?"

"아니, 좋아 보여서."

언니가 빙그레 웃었다.

"하고 싶은 일이 생겼어."

"뭔데?"

"비밀."

"뭐야, 별게 다 비밀이래."

"소중하니까. 말하고 싶지 않아."

비밀은 참 웃긴다. 부끄러워서 비밀이 되고, 너무 소중해서 비밀이 되기도 한다.

집에 들어가니 맹똘이가 설거지를 하고 있었다.

"비켜, 내가 할게."

맹똘이가 맹탐정을 힐끗 보더니 수세미를 내려놨다.

"보통은 한 번쯤 사양하지 않아? 이렇게 냉큼?"

맹똘이가 한심하다는 듯이 쳐다봤다. 익숙한 눈빛이었다. 맹똘이를 엉덩이로 툭 밀어내고 설거지를 시작했다.

"웬일이래? 설거지 시키면 입이 댓 발 나와서는 왜 맹똘이는 안 시키고 자기만 시키냐, 엄마는 가부장제의 협력자다 뭐다 난리를 치더니?"

행주로 식탁을 닦던 엄마가 비꼬듯이 말했다.

맹탐정은 아무것도 안 들린다는 듯 노래를 흥얼거렸다. 엄마를 열받게 하는 방법쯤은 잘 알고 있었다. 아무것도 모른다는 듯 흥겨워하면 된다. 엄마는 쯧쯧 혀를 몇 번 차고는 부엌을 나갔다.

"바나나에 키위까지. 만 원만 줘."

사장님이 말했다. 과일가게 앞에서 매번 기다리기 민망해서 엄마 심부름을 온 척했다. 생돈 만 원을 썼다. 사랑하는 동생을 위해서라면 이깟 만 원쯤은 아무것도 아니다, 라고 생각하고 싶지만 솔직히 만 원이면 떡볶이를 3인분이나 먹을 수 있는데, 아까웠다.

"다녀왔습니다."

재준이가 들어왔다.

"재준아, 안녕!"

맹탐정이 눈을 게슴츠레 뜨고 입꼬리를 올리면서 말했다. 재준이의 미간이 찌푸려졌다.

과일가게 앞 벤치에 재준이와 나란히 앉았다. 방금 산 바나나를 입에 물었다. 재준이는 바나나를 손에 든 채 눈만 끔뻑거렸다.

"설재준. 네 별명이 설사잖아."

"아이 씨."

"씨? 씨이?"

"아니 그게 아니라."

재준이의 얼굴이 빨개졌다.

"승현이 아직 오줌 싸는 거 알고 있지?"

재준이가 머뭇거리다가 고개를 끄덕였다.

"승현이가 말해 줬어?"

이번에도 역시 고개를 끄덕였다.

"그건 너를 정말 믿는다는 이야기야. 자신의 콤플렉스를 말한다는 건 생각보다 무지 힘든 일이거든. 용기가 필요한 일이야."

재준이가 한참 동안 아무 말이 없더니 "웃기려고 그랬던 건데." 했다.

"그래서 재밌었어?"

재준이가 답을 하지 않았다.

둘이 화해를 하든 하지 못하든 그건 맹탐정이 어찌할 수 있는 일이 아니다. 사건의 실체를 밝히는 것, 밝히려고 노력하는 것 정도가 맹탐정이 할 수 있는 일이다.

그리고 이번에야 알았다. 우리가 흔히 사건이라고 부르는 일의 실체를 밝힌다는 건, 사건에 얽힌 인물들의 마음을 살펴보는 일과 같은 거라는 걸. 비밀을 말해 준다는 건 부끄러움까지 감수하고라도 의지하고 싶은 마음이라는 걸.

이번 사건엔 무엇이 담겨 있을까? 콤플렉스? 아마도. 그리고 믿음과 배신도.

재준이가 자리에서 일어섰다.

"진짜진짜 농담이었어요. 승현이라는 얘기도 안 했어요. 슬아가 자꾸 저한테 마마보이라고 놀리니까 아직까지 오줌 싸는 애도 있다고 한 건데, 그걸 들은 거예요. 이름도 말 안 했어요."

맹똘이가 상처받은 이유는 슬아가 자신이 아직도 오줌을 싼다는 걸 알게 될까 봐 걱정돼서가 아니다. 가장 친하다고 믿었던 친구가 자기 이야기를 너무 쉽게 해서다.

상처는 비밀이 된다. 그래서 비밀은 곧 상처다.

"너랑 나 만난 건, 비밀로 해 줘. 내가 아무것도 모르는 걸로."

재준이가 피식 웃었다.

"누나 바보예요? 승현이랑 말도 안 하는데 어떻게 말해요."

재준이가 과일가게로 쏙 들어갔다. 맹탐정도 일어서서 집을 향해 걷기 시작했다.

할머니의 비밀도 그렇고 맹똘이의 비밀도 그렇고 모르던 때와 하등 변화가 없다. 그렇담 뭔가를 아는 게 다 무슨 소용일까.

고개를 획 돌렸다. 누군가 따라오는 기분이었다.

"누구야?"

여름이 다가오면서 낮이 길어졌지만 그래도 여덟 시를 넘기면 어둑어둑했다. 사위가 어두워지자 괜한 공포심이 일었다. 습기를 머금어서 후덥지근하던 바람이 싸늘한 바람으로 바뀌었다.

빠르게 걷기 시작했다. 따라오는 발소리도 빨라졌다.

오늘따라 사람들은 다 어디 간 걸까. 뛰려고 마음먹은 순간, 누군가 맹탐정의 어깨를 잡았다.

"허어억!"

큼직한 손이 맹탐정의 입을 막았다.

"나야."

꼭 감았던 눈을 슬며시 뜨자 맹병률이 눈앞에 있었다.

"무서웠어?"

맹병률이 머리를 긁적였다.

"아니! 내가? 설마, 아닌데?"

말과 달리 목소리가 떨려 왔다. 살짝 무서웠다. 시골일수록 밤길은 더 무섭다. 도시의 밤이 온갖 조명들로 휘황찬란하다면 시골의 밤은 칠흑 같다.

"아까 벤치에 앉아 있는 거 봤는데 심각해 보여서 말을 못 시켰어."

"왜? 할 말 있어?"

맹병률이 고개를 저었다.

"위험하니까, 밤길."

병률이와 아무 이야기 없이 집으로 걸어갔다. 어떤 말이라도 하고 싶으면서도 말을 하고 나면 뭔가가 사라질 것만 같았다. 드문드문 있는 가로등 조명이 희미하게 둘을 비췄다.

집이 보이자 아쉬운 마음이 들었다. 집은 왜 이렇게 가까운 건지. 그런데 가슴은 왜 뛰는지. 급식 반찬으로 쓸 전복을 직접 딴다는 말을 믿고 작업복을 가져온 애를 내가? 맹탐정의 자존심이 허락하지 않는다.

"비밀 하나 말해 줄까?"

또 그놈의 비밀! 물론 궁금은 했다.

"너네가 장난치는 거 알고 있었어, 급식."

"거짓말. 진짜 작업복 입고 왔잖아."

"재밌잖아."

맹병률이 피식 웃었다. 맹탐정도 따라 웃었다.

"들어가야 돼."

맹탐정이 맹병률의 어깨를 툭 치고 "잘 가." 했다.

"진짜 비밀 말해 줄까?"

"됐어. 지겨워, 비밀."

"좋아해."

"뭐?"

맹탐정이 걸음을 멈췄다.

"좋아한다고."

"누굴?"

맹병률이 맹탐정을 뚫어지게 쳐다봤다.

"뽀뽀, 해도 돼?"

뽀뽀라니. 그런 건 상상도 해 본 적이 없다. 아니, 상상만 해 봤다. 그런 일이 내 인생에도 일어날 수 있을까 하고. 그런데 원래 이런 걸 허락받고 하나? 생각이 들면서도 물어봐 줘서 좋았다. 맹병률이 갑자기 뽀뽀를 했다면 반사적으로 밀쳐 냈을 것이다. 맹탐정은 맹병률을 밀쳐 내고 싶지 않았다. 그런 의미에서 맹병률의 질문은 탁월했다. 맹탐정이 고개를 끄덕였다.

맹병률의 손이 맹탐정의 목덜미에 닿았다. 맹탐정이 자기도 모르게 목에 힘을 줬다. 그러자 맹병률도 손에 힘을 줬다. 마치 대결하듯이. 한동안 대치하고 있다가 맹탐정이 목에 힘을 풀었다. 안도의 한숨이 흘러나왔다.

입술끼리 닿으면 뽀뽀인가?

맹병률의 얼굴이 점점 가까이 다가왔다. 이제 둘 사이엔 주먹조차 들어갈 공간이 없었다. 자연스럽게 입술이 열리자, 새로운 비밀이 시작됐다.

맹탐정이 계단에 발을 내딛자 조명이 켜졌다. 팡파레처럼 느껴졌다. 키스는 이상했다. 맹병률의 입술은 차가웠는데 동시에 뜨거웠다. 누가 첫 키스에 대해 물어보면 뭐라고 답해 줘야 할까?

"헉, 뭐야. 귀신인 줄 알았네."

현관 앞에 맹똘이가 팔짱을 낀 채 서 있었다.

"어, 언제부터 이러고 있었어?"

맹똘이의 눈이 매서웠다. 설마, 본 걸까?

"아무것도 아니야. 우리 아무 짓도 안 했어."

"우리?"

맹똘이가 눈을 사납게 뜬 채로 노려보고 있었다.

"그만해."

"뭘? 나 한 번밖에 안 했어. 아니, 그게 아니라."

맹똘이가 한숨을 내쉬었다.

"들쑤시고 다니지 말라고. 이제 됐다고."

"그러니까 뭘?"

가만 보니 노려보는 게 아니었다. 맹똘이는 눈에 힘을 주고 있었다.

"누나가 여기저기 들쑤시고 다니는 거 모를 줄 알았어?"

맹탐정이 머리를 긁적였다.

"안 그럴게."

맹똘이가 한참 동안 생각하다가 "그래도 누나밖에 없어."라고 했다.

"뭐?"

"나한테 관심 있는 사람. 우리 집에서 누나밖에 없다고."

맹똘이는 자신의 비밀을 캐러 다니던 맹탐정의 마음을 읽어 냈다. 맹탐정은 할머니를 떠올렸다. 할머니가 유일한 버팀목이었던 시절이 있었다. 맹똘이가 자기에게 관심 갖는 누나를 귀찮아하지 않고 고마워해 줘서, 뭉클했다.

"야, 근데……."

이상하다. 입을 여는 순간, 뭔가 이상했다. 몽글몽글한 뭔가가 올라오는 것 같았다. 혹시 뽀뽀 후유증인가? 목소리를 가다듬었다.

"근데 있잖아. 몸이랑 마음이랑 성장 속도가 다른 거야."

흠흠.

"네가 뭐 키가 한 달에 1센티씩 크고 몸무게가 1킬로씩 느니까 어른인 것 같지? 근데 너, 아직 애기야. 초3. 겨우 열 살. 나는 열한 살까지 오줌 쌌어. 그래서 뭐? 지금도 싸? 아니거든."

"누나 열한 살까지 쌌어?"

맹똘이가 고개를 절레절레 흔들었다.

"진짜 그건 너무했다."

"아니 이게 진짜."

맹똘이와 대화하면서 욕을 하지 않기란 코가 간지러운데 재채기를 참는 것과 같다.

"내 말은."

"알아, 누나."

맹똘이가 허공을 응시하며 말했다.

"용서가 안 돼."

"재준이가?"

맹똘이가 고개를 저었다.

"내가. 스스로 용납이 안 돼."

평소 같았으면 오, 용납이란 말도 알아, 라고 놀릴 텐데 지금은 아니다. 맹똘이가 속마음을 다 꺼낼 때까지 기다려 줄 생각이다.

"나한테 화가 난 건데 괜히 설재준한테……."

"너 근데 혹시 이슬아 좋아해? 그래서 그런 거 아니야?"

"누나! 미쳤어?"

조금 전까지 시무룩해 있던 맹똘이가 갑자기 전투의지를 불태웠다.

"아니, 나는 그냥……."

"이슬아랑 사귀느니 차라리 죽는 게 나아."

맹똘이가 현관문을 쾅 닫으며 집 안으로 들어갔다.

맹탐정은 어안이 벙벙했다. 그냥 한 말인데 이게 그렇게 화를 낼 일인가? 이슬아랑 사귀느니 죽는 게 낫다니. 목숨을 그렇게 쉽게 버리면 쓰나? 목숨과 이슬아를 비교하는 것부터가 이슬아한테 관심 있다는 증거였다.

“야야, 맹승현!”

맹탐정이 소리를 지르면서 현관문을 열었다. 맹똘이의 방문은 이미 꽁꽁 잠겨 있었다.

“만고불변의 진리가 있어!”

맹탐정이 한숨을 깊게 내쉬었다.

“강한 부정은 긍정이다!”

맹똘이가 문을 열고 나왔다.

“다 봤거든?”

맹탐정이 입을 다물었다. 비밀은 약점이 될 수도 있구나.

맹탐정은 패배자처럼 방으로 들어갔다. 씩씩거리며 침대에 눕고 얼마 되지 않아서 손이 입으로 갔다. 뜨겁고 차가웠다. 아니 차갑고 뜨거웠나.

“누나.”

맹똘이가 방문을 빼꼼히 열었다.

“근데 진짜 열한 살까지 오줌 쌌어?”

“야이 진짜.”

“그럼 나도 이상한 건 아니네?”

“이상한 거 아니지. 뭐가 이상해?”

“그렇지?”

맹똘이가 수줍은 듯 고개를 숙인 채 웃었다.

"누나보단 낫네, 내가."

맹똘이가 방문을 닫고 나갔다. 그러니까 자기 약점을 먼저 말하는 건 바보 같은 짓이지만, 바보 같은 행동이 나쁜 건 아니었다.

맹똘이의 몸과 마음은 속도가 다르지만, 앞서거니 뒤서거니 잘 자라고 있었다. 맹탐정도 마찬가지였다. 어른이 되어 가고 있었다.

새로운 비밀이 열릴 때

설재준과 맹똘이가 설사와 오줌 커플이라고 불리게 된 데에 결단코 맹탐정의 책임은 없었다. 맹탐정이 부주의한 편이긴 하지만 고의로 동생의 비밀을 말하고 다닐 사람은 아니었다. 그런데 어떻게 그런 소문이 나게 된 거지?

맹똘이가 아직까지 오줌을 싼다는 소문이 학교에 퍼졌다. 설재준이 소문을 듣자마자 맹똘이에게 달려가 자신이 말한 게 아니라고 항변하는 과정에서 소문을 모르고 있던 아이들도 알게 됐다. 둘은 소문을 낸 사람을 찾겠다며 갑자기 한편이 됐다.

맹탐정과 맹병률이 사귀는 사이라는 건 둘밖에 몰랐다. 아무에게도 말하지 않았다. 심지어 용우에게도.

용우와는 가장 친한 친구인 건 맞다. 그런데 중학교 3학년이 되면서 조금씩 멀어졌다. 용우는 어플로 사람을 만나는 데 흥미가 생겼다. 맹탐정의 인생에 맹병률이란 새로운 사람이 등장한 것처럼 용우의 인생에도 맹탐정이 아닌 다른 사람들이 등장하기도 했고 퇴장하기도 했다.

맹병률이 맹탐정 자리로 성큼성큼 걸어왔다. 표정 관리가 안 됐다. 조심해야 한다는 생각은 몸보다 늦었다.

맹병률은 맹탐정의 책상에서 초코우유를 집어들었다.

"고마워, 맹탐! 잘 마실게."

"이게 진짜! 나, 아침도 안 먹었단 말이야!"

맹탐정이 진심인 듯 아닌 듯 연기를 했다.

"야아! 치사하다아아, 치사해애."

맹병률도 소리쳤다. 목소리가 미세하게 떨렸다.

"나는 내 꺼어 건드는 거얼 제일 싫어한다안 말이야!"

"치사해서 안 먹는다아! 안 먹어어!"

"하여간 진짜 싫다니까아! 그냥 너어 먹어라. 먹고 떨어져라아."

이 정도면 둘이 사귄다는 걸 아무도 눈치채지 못할 것이다. 맹탐정은 자리로 돌아가는 맹병률의 뒷모습을 보면서 흡족한 듯 미소 지었다

"진짜, 제발."

뒤에 있던 용우가 말했다.

“뭐?”

맹탐정이 입을 쭉 내밀었다.

“진짜 하지 마. 토할 것 같아.”

“뭘?”

“연기.”

“무슨 소리야?”

맹탐정이 일부러 화를 냈다.

“진짜 못 봐주겠어. 미칠 것 같아. 그거 알아? 손발이 오그라드는 기분?”

“또 차였냐?”

“내가? 무슨 소리야?”

“너 차이고 나면 히스테리 부리잖아. 엄청 티 나.”

“뭐?”

하고 싶은 게 없다더니, 용우는 재능을 찾은 것 같다. 용우는 사랑하는 데 재능이 있었다. 물론, 사랑받는 재능과는 좀 다른 재능이었다. 용우는 누구를 사랑하지 않고는 한시도 버티지 못했으니까.

맹병률이 맹탐정의 초코우유를 마시면서 맹탐정을 향해 찡긋 눈짓을 했다. 화가 나야 하는데 왜 웃음이 날까. 귀여워. 다 귀여워.

변호사 아저씨가 시아버지가 된다는 건 조금 끔찍했지만, 그래,

원래 사랑에는 역경이 있는 법. 로미오와 줄리엣만 봐도 알 수 있다. 집안 반대에도 불구하고 둘은 열렬히 사랑에 빠졌다. 그래서 결국 죽었? 아니, 죽으면 안 되는데.

수업이 끝나자마자 맹탐정은 두 장우에게 다가갔다.

드디어! 기어코! 인스타그램 팔로워 1000명을 넘은 두 장우가 아니면 해결할 수 없는 문제가 생겼다. 물론 맞팔 100프로라고 적혀 있어 늘어난 숫자였다.

"혹시 나사 쌤 흔적 좀 찾을 수 있을까?"

갑작스런 결정은 아니었다. 지난번 롯데리아에서 나사 쌤과 닮은 사람을 본 후로부터 마음 한켠에 나사 쌤에 대한 생각이 끊이질 않았다.

중학교 1학년을 마치고 인사말도 없이 사라진 나사 쌤에게 처음에 느낀 감정은 분노였다. 인사 한마디 없이 가다니, 우리 사이에. 맹탐정만 나사 쌤을 특별히 여겼고, 쌤에게 맹탐정은 해마다 만나는 아이 중 하나일 뿐이었을까.

2학년 내내 나사 쌤을 미워했다면 3학년이 되면서는 조금 궁금해졌다. 연락하지 못하는 속사정이 있지 않을까? 담임에게도 물어보았다. 담임은 작년에 전근을 온 터라 나사 쌤에 대해 잘 알지 못했다. 알아보고 알려 준다고 했는데 맹탐정이 물을 때마다 눈알을 굴리면서 머리를 긁적였다. 그때 알았다. 말해 주지 못할 사정이 있다는 걸. 모르면 모른다고 하면 된다. 그런데 모른다고 하지 않고 아예 외면해 버렸다.

"나사 쌤? 전근 가신 거 아니었어?"

"아무도 몰라, 어디 계신지."

"그래, 우리가 마지막 보루라는 말이지?"

김장우가 뿌듯한 표정을 지었다.

"꼭 마지막 보루라는 건 아닌데. 그건 너무 확대해석이야."

"네가 정 그렇게 애걸복걸 부탁하면, 12년 지기 친구로서 무시할 수는 없네."

"애걸복걸한 정도는 아니고."

"있어 봐. 현대사회에 SNS에 흔적을 안 남기고 산다? 그건 말도 안 돼. 내가 안 남겨도 내 주변의 누군가는 남기거든. 나만 믿어."

김장우를 믿고 싶었다.

"근데 너 그거 알아?"

김장우가 고개를 수그렸다. 비밀 이야기 같아서 맹탐정도 자연스럽게 고개를 숙였다.

"루나랑 맹병률이랑 사귀어."

"뭐? 이 미친놈아!"

맹탐정이 김장우에게 버럭 소리 질렀다.

"왜 욕을 해?"

"사귀는 거 아니거든? 너넨 뭐든 제대로 아는 게 없어."

"야, 너는 나를 어떻게 보고. 내가 설마 잘 알지도 못하면서 그런 말 하겠어?"

"나도 봤어."

이장우가 거들었다.

"둘이 뽀뽀하는 거."

설마 맹병률이 바람을? 거짓말하지 말라고 두 장우의 뒤통수를 때려야 했는데 그럴 수 없었다. 현기증이 났다.

"근데 사례는? 너도 의뢰받을 때 뭐 받잖아. 나사 쌤 근황 찾아 주면 뭐 해 줄 거야? 문화상품권? 아니면 내 심부름 열 개?"

"문화상품권."

"5만 원."

"개비싸."

"그럼 말아?"

솔직히 5만 원이면 땡큐였다. 사람들의 심리 하나. 5만 원밖에 안 받아? 하면 두 장우는 손해 보는 느낌일 것이다. 그런데 5만 원씩이나? 하면 같은 돈이어도 이득 본 기분이 드는 것이다.

"내가 손해 보지 뭐. 그래, 알았어."

두 장우가 서로 속닥거리면서 교실을 떠났다. 개이득이다, 그런 말들. 두 장우는 맹탐정 손바닥 안에 있었다.

"안 가?"

맹병률이 다가와 물었다. 맹탐정이 맹병률을 노려봤다.

"먼저 가."

새침하게 말했다. 맹병률은 영문을 모르는 표정이었다. 뻔뻔해.

두 장우가 루나와 맹병률이 뽀뽀하는 걸 봤다는 말이 사실일까? 둘이 한 일치고 제대로 한 일이 없으니 사실이 아닐 확률이 99.9프로였지만 마음은 그렇지 않았다. 자꾸 화가 났다.

"무슨 일 있어?"

"있으면? 네가 무슨 상관인데."

이럼 안 되는데. 사실 파악이 먼저인데.

맹병률이 한숨을 내쉬고는 교실을 나갔다. 맹탐정도 나가려고 일어서는데 용우가 다가왔다.

"안 갔어?"

"나, 차인 거 맞아."

"네가 찬 적은 있어?"

용우가 고개를 저었다.

"어떻게 맨날 차여? 그것도 재주는 재주다."

용우와 나란히 운동장을 걷는데, 패배자 같았다. 뭐에 패배했는지는 모르지만, 암튼 승리자와는 대척점에 서 있는 기분이 들었다.

명해 씨가 정식으로 초대했다. 한번 들러, 가 아니라 언제 몇 시까지 오라고 당부했다.

"이게 다 뭐예요?"

흰색 식탁보에 새우감바스와 토마토파스타, 동치미와 총각김치 등이 놓여 있었다. 어울리지 않는 조합 같은데 흰색 식탁보 위에선 다 멋져 보였다.

"이걸 어떻게 다 먹어요?"

이 말은 하지 말았어야 했다. 당연히 다 먹었다. 중학교 3학년의 위는 성인의 두 배라는 사실을 잊으면 안 됐다. 맹탐정은 이제 치킨 한 마리를 혼자 먹을 수 있었다. 부단히 수행한 결과이다. 그런 수행을 왜 하는지 따위의 질문은 안 했으면 좋겠다. 같은 돈을 내고도 더 많이 먹을 수 있게 위를 단련하는 것이야말로 중학생 때 꼭 해야 하는 일이니까.

"글방 열려고."

"글방이요?"

"응, 그래서 말인데 네가 홍보 좀 해 줘."

"역시 세상에 공짜는 없네요."

맹탐정의 말에 명해 씨가 고개를 끄덕였다.

"어제 끝났어."

명해 씨가 맹탐정을 향해 말했다.

"뭐가요?"

"할머니 수업. 오늘 자축 파티 하신댔어. 올라가 봐."

"아니 내가 무슨 강아지예요? 오라면 오고, 가라면 가게?"

맹탐정이 자리에서 일어섰다.

"어디 가?"

"할머니 보러요."

할머니는 맹탐정을 향해 늘 말했다. 우리 똥강아지. 눈에 넣어도 안 아플 똥강아지. 맹탐정은 세뇌교육을 당한 셈이었다. 똥강아지처럼 할머니 집으로 올라갔다.

막걸리에 김치부침개가 식탁에 놓여 있었다. 막걸리는 이미 반 통밖에 남아 있지 않았다.

"이러려고 집 나가셨구만!"

맹탐정이 피식 웃었다.

"빈둥거리는 애비 안 보고, 떽떽거리는 네 엄마 안 보니까 살 것 같다. 아주 좋아."

"그럼 다시 안 들어올 거예요?"

할머니가 고개를 끄덕였다.

"이제 늙어 죽을 일밖에 더 있어? 네 에미, 시집 와서 평생 고생밖에 안 했는데 늙은이 병수발까지 시킬까? 나는 그 꼴 못 봐."

드라마 보면 시어머니는 항상 며느리를 구박하던데.

"나는 걔가 내 딸 같아. 아들보다 더 딸 같아."

"엄마도 그렇게 생각하실 거예요."

불쑥 말이 튀어나왔다.

"걔가 그러든?"

맹탐정이 고개를 끄덕였다.

"할머니 아니었으면 벌써 이혼했다고. 할머니를 남편처럼 부모처럼 의지했다고요."

"내가 발목 잡은 거야. 진짜 엄마면 그랬겠어? 자식 남편 버리고 새출발하라고 했겠지. 내가 못됐어."

"할머니."

할머니가 괜히 리모컨을 만지작거렸다.

"이놈의 티브이, 볼 게 있어야지."

할머니가 리모컨을 들고 자리에서 일어나 소파 쪽으로 가는데, 식탁 위에 일기장이 보였다. 남의 일기를 보는 건 절대 안 되는 일이다. 그런데 맹탐정은 절대 안 되는 일을 종종 해 왔다. 비윤리적이라고 해도 어쩔 수 없었다. 맹탐정은 슬쩍 일기를 들고 화장실로 갔다.

하여간 너는 정말.

승지야, 양심적으로 살아라.

할머니는 언제나 맹탐정 머리 위에 있었다. 화장실을 나오자 할머니가 여전히 채널을 돌리고 있었다. 일기를 식탁에 올려놨다.

"그럼 이제 할머니랑 같이 살 일은 없네."

"같이 사는 게 뭐가 좋다고."

"다리 아파서 움직이지도 못하면 엘리베이터도 없는데 어떡하려고?"

"안 그래도 1층 나가면 연락 달라고 해 뒀어."

"치밀하네 치밀해."

"승지야. 이제 가족끼리 오순도순 살아 봐. 나는 지금이 제일 좋아. 마음도 몸도 가뿐하고 하고 싶은 공부 하니 얼마나 좋아. 가끔 너도 찾아오고."

"공부가 좋다고요?"

할머니와 잘 맞는다고 생각했는데 어떻게 공부를 재밌다고 할 수 있는지.

"할머니 근데 아빠 책방에는 왜 그렇게 자주 가신 거예요? 그렇게까지 할 필요는 없었잖아요."

명해 씨가 한글수업이 끝났다고 말하는 순간, 맹탐정은 알았다. 할머니가 맹탐정이 눈치챘다는 사실을 알았다는 걸. 모른 척하려고 했다. 맹탐정이 할머니의 비밀을 알았다는 걸, 할머니가 알았다는 사실을.(헉헉, 왜 이렇게 복잡한 거야.) 그러나 궁금증이 참을성을 압도했다.

할머니가 마침내 채널 돌리기를 멈추고 맹탐정을 바라봤다.

"걱정돼서. 잘 하는지, 저러다 또 여길 떠나는 건 아닌지 해서."

코끝이 매웠다. 오십이 다 되어 가는 아들이 걱정돼서 발이 닳도록 책방을 드나들었다는 사실이 맹탐정을 슬프게 했다.

"근데 손녀 준다고 돼지등뼈를 네 근이나 샀다는데, 그거 누구 입으로 들어갔어요?"

괜한 말이 튀어나왔다.

"무슨 소리야. 등뼈김치찜 해서 승현이 편에 보냈는데."

"이 자식이!"

할머니한텐 같이 먹겠다고 하곤 혼자 다 먹은 것이다. 맹똘이는 정말 인생의 걸림돌이다.

할머니 댁을 나오는데 두 장우에게 카톡이 왔다. 카페에서 기다리고 있다고. 솔직히 큰 기대는 없었다. 짧은 시간에 둘이 해 봤자 뭘 얼마나 알아냈을까. 그러나 복잡한 마음은 달랠 수 있을 것 같았다.

"학교에서 보고 여기서 또 보니까 진짜 토할 것 같아."

맹탐정이 카페로 들어서며 말했다. 두 장우가 너는, 하면서 반박할 거라고 생각했는데 아무 대꾸가 없었다.

김장우가 핸드폰을 내밀었다.

"요양원에 계시는 것 같아."

"요양원? 나사 쌤이?"

현우 쌤 보러 다녀왔는데 마음이 안 좋네요. 뭐라고 말해야 할지 몰라서 머뭇거렸더니 현우 쌤이 되려 자기 살 빠지니까 연예인 같지 않냐고 농담을 해서, 나사가 풀려도 많이 풀렸네 했어요.

현우 쌤이 그래요.

너무 슬퍼하지 말라고, 그러면 자기가 더 슬프다고.

그래서 더는 슬퍼하지 않으려고요.

현우 쌤 태어나서 하고 싶은 거 다 하고 즐겁게 놀다 가니, 이보다 좋을 수 없다고 하는데, 그 말이 맞다고, 그렇게 생각하려고요.

이게 무슨 소리일까?

맹탐정은 난독증에 걸린 사람처럼 읽었던 부분을 읽고 또 읽었다.

요양원에 왜? 말도 안 돼. 아니 쌤 나이가 몇인데. 쌤은 그냥 말도 없이 전근 간 나쁜 사람일 뿐이다. 혹시 거기에 취직했나? 그럴 수도 있지 않나?

"쌤, 거기서 일하는 거 아니야?"

김장우와 이장우가 손도 대지 않은 아이스티를 물끄러미 보고 있었다.

"다른 현우 쌤 이야기 아니야?"

이쯤 되면 김장우가 빙긋 웃으면서 헤헤거리거나 이장우가 속을 줄 알았다고 놀려야 하는데 둘은 가만히 있었다.

두 장우가 서로를 바라봤다. 그리고 맹탐정을 바라봤다. 때론 침묵이 더 많은 말을 해 준다.

1초, 2초, 3초. 시간이 더디게 흐르는 것 같았다.

"너네 장난치는 거면 진짜 죽여 버린다. 이런 걸로 장난치지 마. 사람이 해도 되는 장난이 있고, 안 되는 장난이 있는 거야."

이장우가 핸드폰을 빼앗았다.

"그만해."

이장우의 눈시울이 붉었다.

"에덴요양원. 여기서 한 시간 거리야."

"와, 가깝네! 가 보자! 쌤이 우리 보면 엄청 놀라시겠다! 그럼 화를 낼 거야. 왜 말도 안 하고 급하게 떠난 거냐고. 그럼 뭐 정신이 없었고 어쨌고 변명을 하겠지? 그럼 우리가 아이스크림 얻어먹는 조건으로 용서……."

"그만 좀 해."

이장우가 의자를 밀고 일어섰다. 눈에 힘을 준 채 미간을 찌푸리고 있었다. 처음 보는 모습이었다. 루나에게 차였을 때도 저런 표정은 짓지 않았다.

"너 몰랐지? 쌤이 장우 문제집도 사 주고 그랬어."

카페를 나가는 이장우의 뒷모습을 보며 김장우가 말했다.

문제집? 이장우는 할머니와 산다. 엄마는 일찍 돌아가시고 아빠는 서울에서 일하신다. 좁은 바닥이라 친구들의 가정 형편은 알고 싶지 않아도 저절로 알게 된다. 그렇다고 아는 척한 적은 없다. 친구들끼리 뒤에서 이야기한 적은 더더욱 없고. 모른 척해 주는 게 좋을 때도 있다는 걸 알았으니까.

맹탐정과 친구들이 모른 척해 주는 걸로 우정을 지켰다면 나사 쌤은 문제집을 사 주고 마음을 알아주는 걸로 이장우의 결핍을 채워 줬던 걸까. 맹탐정의 푸념을 묵묵히 들어 줬을 때처럼.

맹탐정은 나사 쌤에게 아빠에 대해 말하면서, 비로소 아빠의 문제가 아니라 자신의 문제라는 걸 알아차렸다. 나사 쌤은 말했다. 승지가 아빠에 대해 너무 깊이 생각하는 것 같다고.

"……쌤이 아이스크림 사 주면 용서해 주자. 나는 엄마는 외계인 먹을 거야. 파인트로 먹어도 되나. 그건 너무 양심 없나?"

"승지야."

김장우가 맹탐정이라고 부르지 않는 게 기분 나빴다.

"야, 그냥 평소대로 해. 네가 그럼 뭐 진지해 보일 줄 아냐? 느끼하거든?"

김장우도 소리 나게 일어나더니 성큼성큼 카페를 나갔다.

에덴요양원. 이름 한번 괴상하다. 맹탐정만큼이나.

맹한 탐정과 에덴동산에 있는 요양원 중에 뭐가 더 괴상할까. 아무래도 후자다. 밝고 건강하고 따뜻했던 사람이 전혀 예상하지 못한 공간에 있다는 게 믿어지지 않았다. 혹시 꿈인가? 사방이 막힌 찜질방에 있는 기분이었다.

"더워? 에어컨 온도 22도로 해 뒀는데."

엄마가 얼음물을 테이블에 내려놨다.

"얘가, 왜 이래?"

엄마가 눈을 끔뻑이더니 맹탐정의 이마를 손으로 짚었다.

식은땀이 나기 시작했다. 삶이 늘 따분하다고 생각했다. 드라마나 영화에서처럼 특별한 일이 일어나길 바랐다. 갑자기 땅이 꺼져 싱크홀에 갇힌다든가 고대 이집트 시대로 이동한다든가 하는 일 말이다. 알고 봤더니 재벌의 숨겨진 딸이었다는 이야기도 좋았다. 전근 간 줄 알았던 선생님이 요양원에 가 있었다는 이야기 따윈 말고.

"승지야, 어디 아파? 집에 가서 누울래? 왜 그래?"

엄마가 맹탐정을 일으켰다. 맹탐정은 쓰러지듯 엄마 품에 안겼다.

시간이 얼마나 흘렀을까. 방문 여는 소리에 눈을 떴다.

"누나, 엄마가 죽 먹으래."

맹똘이였다.

"지금 몇 시야?"

창밖이 어두웠다.

"밤이야. 열 시 넘었어."

할머니 집을 나올 때 이미 오후 다섯 시가 넘었다. 그리고 두 장우를 만났으니. 꼬박 네 시간을 잔 건가.

"나사 쌤 기억해?"

"누나 중학교 1학년 때 담임? 나사 풀린 것 같다고 누나가 맨날 욕했잖아."

"내가 언제 욕했냐?"

"누난 좋아하는 사람 있으면 괜히 욕하잖아. 맹병률 형도 얼빠진 것 같다고 욕하고."

맹똘이는 생각보다 많이 알고 있었다.

맹탐정은 입맛은 없었는데 배는 고팠다. 이놈의 위장.

삼계죽이었다. 빨간 김치와 함께 먹다 보니 입맛이 돌았다. 맹탐정은 부엌으로 가서 죽을 한 주걱 더 펐다.

"무슨 일 있었어?"

엄마가 물었다. 뭐부터 말해야 할지 몰랐다.

"할머니 다시 안 돌아오실 거래."

"네 아빠가 나가야, 그래야 돌아오실 거야."

"그럼 아빠를 내쫓을까?"

엄마가 허탈하게 웃었다.

"그럼 되겠네."

그러나 엄마도, 맹탐정도 알았다. 그건 할머니를 위한 일이 아니라는 걸.

"나사 쌤 기억해?"

"어떻게 잊어. 네가 학교만 다녀오면 조잘조잘. 그때 내가 너희 아빠랑 사이가 안 좋았잖아. 그래서 너한테나 승현이, 승옥이한테 소홀했는데, 네가 쌤을 많이 따라서 마음이 놓였어. 쌤이 엄마 찾아온 적도 있어."

"찾아와?"

"말로는 더워서 아이스커피 한잔 마시러 왔다는데, 그게 아니었던 거지."

"그럼 뭔데?"

"선생님이 뭐 사근사근하고 그런 성격은 아니잖아. 딱 봐도 곰 같고. 커피가 맛있다고 빈말이라도 할 법한데 그런 말도 없이, 시원하네요, 하데. 아이스커피가 그럼 시원하지 안 시원해?"

엄마가 웃었다.

"실없긴. 그러더니 승지가 요즘에 아빠 문제로 괴로워하는 것 같다고, 알고는 계셔야 할 것 같다고."

쌤에게 자아에 대해서도, 아빠에 대해서도 참 많이 물었는데. 쌤은 자아도 아빠도 아닌 맹탐정을 걱정했었다.

"그래서 내가 어떻게 하면 좋겠냐고 물었더니."

"뭐라셨는데?"

엄마가 피식 웃었다.

"에휴, 커피가 참 시원하다고. 그 말만 또 하던걸."

"엄마, 선생님 아프시대."

"어디가?"

"몰라. 요양원에 계시대. 에덴요양원. 거기는 회복하려고 가는 요양원이 아니래."

엄마가 물을 벌컥벌컥 마시다가 일어서서 냉동실 문을 열더니 얼려 둔 얼음을 꺼내 입에 넣었다.

"엄마. 거짓말 같지? 김장우랑 이장우가 거짓말하는 것 같기도 한데. 내가 농담이면 절대 용서하지 않겠다고 했거든? 근데 지금은 마음이 좀 달라졌어. 농담이어도 용서해 주려고. 아니 선물도 줄 거야. 농담이라고 해 줘서 고맙다고."

엄마는 말이 없었다.

맹탐정은 오랫동안 식탁 의자에 앉아 있었다.

사건은 사건으로 잊혀진다고 했었나. 맹병률과의 일은 잠시 잊고 있었는데, 다음 날 학교에 가서 맹병률을 보자마자 화가 다시 치밀어 올랐다.

맹병률도 화가 났는지 맹탐정에게 말을 걸지 않았다. 쌤 일은 쌤 일대로 속상한데 맹병률까지 안 도와준다.

"둘이 싸웠어?"

용우가 물었다.

"너도 차였구나!"

"내가 너냐? 나는 태어나서 한 번도 차여 본 적이……."

맹탐정은 입을 다물었다. 용우는 맹탐정에 대해 모르는 게 없다. 어쩌면 맹탐정이 모르는 맹탐정의 모습도 알고 있을 것이다.

용우가 입을 뗐다가 닫았다. 용우도 나사 쌤의 이야기를 알고 있다. 어젯밤에 두 장우와 루나, 용우 그리고 미국에 간 인혜까지 함께한 단톡방에 나사 쌤 이야기를 올렸다.

숫자 1이 없어지지 않는 걸로 봐서는, 인혜는 아직 카톡을 확인하지 않았다.

김장우는 쌤을 뵈러 가자고 했고 이장우는 반대했다. 둘의 의견이 갈리는 건 처음 봤다. 용우는 아무 의견도 내지 않았고 루나는 고민해 보자고 했다.

맹탐정은 쌤이 보고 싶었다.

물론 쌤이 어떤 모습일지는 모른다. 두려운 마음도 있었다. 맹탐정이 알고 있던 모습과 다른 모습일까 봐. 그러나 쌤의 소식을 알기 전에도, 안 후에도 보고 싶은 마음은 같았다.

김장우가 요양원에 다녀온 쌤의 지인에게 연락을 취해 보기로 했다. 그분도 중학교 선생님이었다.

"이상하긴 했어. 쌤이 갑자기 연락 끊을 분이 아닌데. 분명히 1학년 겨울방학식에서 그랬잖아. 방학 끝나고 보자고."

그래서 더 화가 났다. 거짓말을 했다고 생각했으니까. 쌤한테 거짓말할 이유가 없다는 걸 생각했으면 어땠을까. 아니, 쌤이 그런 거짓말을 할 사람이 아니라고 생각했으면? 지나고 나니 후회만 남았다.

수업을 듣는 동안 고개를 끄덕이면서도 나사 쌤의 모습이 떠올랐다. 젊은 쌤다운 의욕은 없었지만 그렇다고 무관심하지도 않았다. 학생들을 기다려 줄 줄 아는 교사였다.

수업이 끝나자 루나와 두 장우, 용우가 맹탐정의 자리로 왔다.

"물어보고 알려주시겠대."

김장우가 말했다.

"우리 안 보고 싶어 하면 어떡하지?"

루나가 말했다. 맹탐정도 가장 걱정되는 부분이었다. 설마, 하는 마음이 스멀스멀 올라왔다.

맹탐정은 학원을 한 군데도 다니지 않는다. 수학학원이랑 영어 학원에 다닌 적이 있긴 하지만, 늘 몇 달 다니다 보면 가기 싫었다. 수업시간마다 공상만 하다 보니 돈이 아까웠다.

그러니까 이런 생각. 갑자기 중세시대로 돌아간다면? 갑자기 남자가 된다면? 지구가 멸망한다면?

그런 생각에 한번 빠지고 나면 어느새 수업이 다 끝나 있었다. 엄마는 신기하게도 학원을 그만둔다고 해도 별말 하지 않았다.

"돈 굳어서 좋지?"란 맹탐정의 말에 성을 내며 "하여간 말하는 본새하고는. 말 한마디로 천 냥 빚도 갚는 거야."라고 할 뿐이었다.

엄마가 모르는 게 있다. 말 한마디로 천 냥 빚 절대 못 갚는다. 최소한 두세 마디는 해야 한다. 세상에 공짜가 어딨나. 아부로 빚을 탕감받으려면 열심히 혀를 굴려야 한다.

계단을 올라가는데 2층에서 아빠가 책방 문을 열었다. 안에 손님은 보이지 않았다. 책방이 망하지 않는 건 순전히 할머니가 건물주이기 때문이다.

"이것 좀 형택이 사무소에 갖다주고 와."

아빠 손에 두 권의 책이 들려 있었다.

"책 배달이야? 배송료는?"

아빠가 주머니에 손을 넣었다. 맹탐정이 두 손을 내밀었다. 아빠가 맹탐정의 손바닥을 툭 치고 주먹을 폈다. 아무것도 없었다.

"으흐흐."

아빠가 이상한 소리를 내면서 웃었다.

맹탐정은 정색했다. 농담할 기분도, 농담을 받아 줄 기분도 아니었다.

"너는 애가 유머가 없어. 지 엄마 닮아서는. 갔다 오면 줄게, 심부름값."

책을 받아 들고 맹형택 변호사 사무소로 갔다. 서 있기만 해도 뜨거운 열기가 느껴지는 여름이라 가까운 거리라도 쉽진 않았다.

사무소로 들어가려는데 안에서 맹병률의 목소리가 들렸다.

사실 아빠의 심부름을 선뜻 받아들인 이유는 맹병률을 볼 수 있을까 싶어서였다. 맹병률에게 화가 나면서도 오해를 풀고 싶었다.

똑똑 노크를 한 후에 문을 열었다.

"의뢰인인 줄 알았네."

아저씨가 투덜거렸다.

맹병률과 아저씨는 소파에 마주 앉아 음료수를 마시고 있었다.

"이거요. 아빠가 가져다드리래요."

"승지도 뭐 좀 마실래?"

"빨리 가 봐야 돼요."

맹탐정이 몸을 돌리려고 하자 아저씨가 자리에서 일어섰다.

"있어 봐."

아저씨가 옷걸이 쪽으로 갔다. 맹병률이 남은 음료수를 입에 털어 넣었다.

"승지가 심부름 왔는데 용돈 좀 줘야지. 이걸로 떡볶이랑 순대 염통 좀 사 먹어."

아저씨가 5만 원짜리 한 장을 내밀었다. 심부름값으로 받기엔 너무 큰돈이었다.

"아니에요, 괜찮아요. 책방 일인데요. 근데 제가 염통 좋아하는 건 어떻게 아셨어요?"

"가자."

그때 맹병률이 아저씨 손에서 5만 원을 낚아챘다. 맹탐정이 어리바리한 채 서 있자, 맹탐정의 소매를 잡아끌었다. 막상 밖으로 나오자 둘 사이에 어색한 기운이 감돌았다.

"가 볼게."

"그럼 이거 갖고 가."

맹병률이 5만 원을 내밀었다.

"네가 받았잖아."

"너 준 거잖아."

"뭐 어쩌라고?"

"염통 먹으러 가자."

"어떻게 알았어? 내가 염통 좋아하는 거. 나랑 염통 먹은 적도 없잖아."

"루나. 루나가 말해 줬어."

맹병률의 얼굴이 붉어졌다. 루나 때문에 이 싸움이 난 거니까. 아니다. 루나는 잘못이 없다. 맹탐정을 화나게 한 것은 맹병률의 애매한 태도다.

맹탐정이 보폭을 크게 해서 걷기 시작했다.

"뭐 해? 안 와?"

맹병률이 맹탐정을 따라갔다. 써니 엄마네 분식집이었다.

써니는 요즘 아이돌 따라다니느라 바쁘다. 써니는 남자친구를 사귈 때도 연예인을 좋아할 때도 늘 최선을 다한다. 맹탐정과는 달랐다. 거절당할까 봐 두려워서 고백도 못 하는 맹탐정과는. 가끔은 써니의 에너지가 부럽다.

"많이 먹어."

아줌마가 떡볶이와 순대, 튀김 등을 내려놨다. 염통은 순대 2인분에 맞게 주셨다.

"너는 영 아닌가 봐."

맹병률이 순대를 초고추장에 찍어서 입에 넣으면서 눈썹을 올렸다. 무슨 말이냐는 뜻이다.

"아줌마가 얼굴을 되게 보시거든. 잘생긴 애들은 염통 많이 주는데, 너는 그냥 보통인가 봐."

맹병률이 염통과 아줌마를 번갈아 보더니 "이거 2인분 같은데?" 했다. 맹탐정이 고개를 끄덕였다.

"우리 2인분 시켰거든."

기억하기 싫지만 완희 오빠가 순대를 사 오면 늘 염통이 많았다. 완희 오빠는 어떻게 지내고 있을까? 맹탐정의 첫사랑. 그러나 고백을 하지 않았기에 차이진 않았다.

맹병률이 염통을 두 개씩 집어먹었다. 상도덕도 없는 놈.

"천천히 먹어."

"괜찮아, 나 소화력 좋아."

맹병률의 대답을 듣자 용우가 왜 맹탐정만 보면 한숨을 내쉬는지 알 것 같기도 했다.

"왜 보자고 했어?"

"내가?"

맹병률이 모른 척하더니 젓가락을 내려놨다. 표정이 진지했다.

"넌 걔네 말을 믿냐?"

"안 믿어."

"그럼 뭐가 문젠데?"

"내가 오해한 줄 알면서도 넌 모른 척했잖아. 적극적으로 아니라고 안 했잖아."

맹병률이 앞머리를 흐트러뜨렸다.

"네가 당연히 안 믿을 줄 알았지."

"걔네가 뭘 보긴 봤을 거 아니야."

아줌마가 접시 하나를 우리 앞에 내려놨다.

"사랑싸움해?"

"아! 니! 오!"

동시에 부정했다. 자신도 부정했으면서 맹병률이 부인하자, 왠지 서운한 마음이 들었다.

"둘이 사귄다며?"

"누가 그래요?"

맹탐정이 염통을 우물거리면서 말했다.

"김장우, 이장우가. 걔네도 사귀니? 어째 맨날 붙어 다녀."

"걔넨 진짜 사귀고, 우린 아니에요."

"맞아요. 걔넨 진짜예요. 우리는, 아니 우리도 맞지 않나?"

맹병률이 갸우뚱하더니 "우리도, 맞아요." 다시 분명하게 말했다. 눈은 맹탐정을 향하고 있었다.

"에휴, 써니는 맨날 연예인 쫓아다닌다고 난리인데, 승지는 어른이네."

"저희 아무것도 안 했어요."

학생들이 우르르 몰려왔다. 아줌마가 놓고 간 접시엔 염통이 가득했다.

"나, 괜찮나 봐."

맹병률이 말했다. 맹탐정은 안도했다. 맹병률 정도면 완희 오빠보다 백배 천배 나았다. 근데 두 장우는 맹병률과 맹탐정이 사귀는 걸 알면서도 왜 루나랑 뽀뽀하는 걸 봤다는 말도 안 되는 거짓말을 했을까?

장난이었구나. 가벼운 장난.

왜 진지하게 생각했지? 두 장우가 맹병률과 맹탐정의 사이를 알고 떠보는 거라고는 상상도 못 했다. 사람이 큰코다칠 때는 상대를 얕볼 때다. 두 장우를 얕봐도 너무 얕본 대가였다.

"얼마 후에 네 생일이잖아. 네 선물 사려고 같이 다닌 거야."

맹병률이 맹탐정을 슬쩍 봤다. 맹탐정은 웃음이 나오려는 걸 간신히 참으면서 염통을 먹었다. 맹병률이 서비스로 준 염통을 먹으려다가 맹탐정 접시에 덜어 줬다. 사랑이었다. 양보한 염통은 명백한 사랑의 증표였다.

맹병률과 헤어지고 집에 오는데 두 장우와 루나, 용우가 카페 앞에 서 있었다.

"핸드폰은 폼으로 가지고 다니냐?"

김장우가 큰소리를 냈다. 병률이랑 같이 있느라 신경을 못 썼다.

"연애하느라 정신이 나갔네."

"그거 오해야. 안 그래도 그 말 하려고 했어."

"오해 좋아하네. 우리가 바본 줄 알아?"

루나와 두 장우, 용우가 고개를 빳빳이 든 채 맹탐정을 내려봤다.

"내가 맹병률이랑 말할 때마다 노려본 건 뭔데?"

루나가 팔짱을 낀 채 물었다.

"내가 언제?"

맹탐정이 주눅 든 목소리로 말했다.

"내가 루나랑 맹병률 뽀뽀하는 거 봤다니까 얼굴 시뻘게진 건 뭔데?"

김장우가 말했다.

"그냥 인정해. 너 연기 진짜 못해."

용우가 말했다.

"사귀는 거 비밀인데……."

"비밀로 해 줄 테니까 인정해."

김장우가 말했다. 전혀 믿음이 안 가지만 인정하지 않을 수 없었다. 맹탐정이 고개를 끄덕였다. 그 순간 김장우가 소리쳤다.

"맹승지랑 맹병률이랑 사귄대요!!!"

카페 안까지 들릴 만큼 큰 소리였다. 한숨이 나왔다. 저런 애를 믿다니. 맞팔 100프로에 스스로 잘생기고 정의롭다고 생각하는 얼빠진 애를 말이다. 그런데 이장우가 이상했다. 김장우랑 세트로 맹탐정을 놀려야 하는데 생각에 잠긴 얼굴로 가만히 서 있었다.

"바닷가 벤치로 가자."

용우가 말했다.

다섯 명은 천천히 바다를 향해 걸었다.

벤치에 도착하고 나서도 한참 동안 아무도 말이 없었다. 좀 전에 맹탐정에게 연애를 인정하라고 할 때와 분위기가 전혀 달랐다. 넷은 안 좋은 소식을 전하려고 맹탐정을 찾아온 것이다. 맹탐정은 스멀스멀 올라오는 불안감을 애써 누르며 말했다.

"혹시 나사 쌤, 위독해지셨대?"

김장우가 고개를 저었다.

"그냥 말할게. 우리 보고 싶지 않대."

너희들 이야기 전하니까 참 반가워하시더라.

선생님이 여러 이유로 만나기는 어려울 것 같다고 하셨지만,

너희를 사랑했던 마음은 잊지 말아 줬으면 좋겠다.

자신이 가르치는 학생들을 진심으로 대하신 분이었어.

아마도 사랑하는 제자들에게 아픈 모습 보이기 싫어서 그럴 테니까

이해해 줬으면 좋겠어.

김장우가 나사 쌤 지인에게 받은 메일을 보여 줬다.

"됐어. 어차피 나도 시간 없었어."

이장우가 툭 내뱉었다.

"우리 다 중3인데, 중3이 얼마나 바쁘냐?"

넌 공부도 안 하잖아, 라고 하려다 입을 다물었다. 이장우가 툭 건드리기만 해도 울 것 같은 표정을 하고 있었기 때문이다. 그리고 그런 모습을 들키지 않으려고 눈을 부릅뜨고 있는 것도 알았다.

"엄마가 돌아가시기 전에 나한테 그랬어. 괜히 잘해 주는 사람 조심하라고. 배신은 남한테 당하는 게 아니래. 친한 사람한테 당하는 거래."

"쌤이 싫다고 하면 어쩔 수 없는 거야. 우리 욕심에 찾아가는 건 아닌 것 같아."

용우가 말했다.

"그래, 나도 그렇게 생각해."

루나가 고개를 끄덕였다. 이어 맹탐정도, 김장우도 고개를 끄덕였다.

저녁 일곱 시가 넘어가는데도 해는 지지 않았다. 겨울이 사고만 치는 아빠를 닮았다면 여름은 자식을 끝내 품어 내는 할머니를 닮았다.

"그만 가자."

용우가 가자고 한 후에야 다들 발걸음을 뗐다.

산책로를 내려오는데 해가 지기 시작했다. 해는 천천히 지겠지만 해가 진 걸 눈치채는 건 한순간이다. 그래서 항상 밤은 갑자기 찾아오는 것만 같다. 맹탐정과 친구들은 인사도 없이 헤어졌다.

현관 앞에서 심호흡을 했다. 엄마에게 쌤이 우릴 보지 않겠다고 했다고 얘기할 생각을 하니 슬퍼졌다.

사실 맹탐정은 어느 정도 예상했다. 제자들이 보고 싶었다면 연락할 방법은 얼마든지 있었다. 연락하지 않았다는 건 보고 싶지 않았다는 뜻이니까.

살며시 현관문을 여는데 안에서 웃음소리가 났다. 누가 왔나? 설마 할머니? 기쁜 마음에 신발을 벗는데 할머니 신발은 보이지 않았다. 아빠와 엄마 신발만 있었다.

"그랬어? 딱 봐도 허당처럼 보여."

"걔가 헛똑똑이야. 나한테 대뜸 전화해서 헌법 제3조가 뭐냐고 묻지를 않나, 병률이 급식에 전복이 나올 예정이라서 전복 따러 가야 한다고 작업복 사는 곳 좀 알려 달라고 하질 않나."

"급식 재료를 무슨 학생이 준비해. 미쳤나 봐."

"뭐 시골 촌구석은 급식 재료를 학생들이 구해 와야 하는 줄 아는지. 얘가 얼빵하다니까."

엄마가 "헛똑똑이네." 하고는 껄껄거리며 웃었다. 엄마가 이렇게 크게 웃는 건 최근에 보지 못했다. 둘은 할 말이 뭐가 그렇게 많은지 끊이지 않고 이야기를 계속했다.

맹탐정은 조용히 현관문을 닫고 나왔다. 둘만의 시간을 방해하고 싶지 않았다. 둘이 서로 대화하며 웃을 수 있다는 게 믿기지 않았다. 둘은 늘 으르렁거릴 줄만 알았다. 부모가 이혼해도 상관없다고 생각했었다. 오히려 이혼하길 바라기도 했다. 엄마가 불쌍했다. 세 남매를 홀로 키우면서 남편이 돌아오길 기다리는 엄마가.

그러나 엄마의 웃음소리를 들으며 이런 생각이 들었다.

엄마는 아빠가 돌아오길 바라지 않았을 수도 있다고. 엄마는 그저 자신의 자리에서 최선을 다했을 뿐이라고. 아빠가 돌아오길 바랐다면, 아빠와 얼굴을 맞대고 웃을 순 없으니까.

억울함은 인간이 가진 감정 중에 가장 강렬한 감정이라고 들었다. 엄마 안에는 억울함이 없었다. 그저 책임감만 있었을 뿐이다.

"누나, 왜 안 들어가?"

태권도 도복을 입은 맹똘이가 물었다.

"아이스크림 먹을래?"

"내가 애야?"

맹똘이가 눈을 흘기더니 "누나가 쏘는 거지?" 했다. 애는 애였다.

"아이스크림 먹고 오줌이나 싸지 마."

맹똘이가 한마디 하려고 입을 열었다가 고개를 저었다. 지긋해하는 표정이었다. 맹똘이가 앞장섰다.

"할머니 영영 안 돌아오신대. 들었어?"

"콘으로 먹어도 돼?"

"양심 좀 챙겨. 그냥 하드바로 먹어."

"콘으로 먹고 싶단 말이야."

"엄마 아빠 요즘은 안 싸워?"

"내가 어떻게 알아."

"너는 엄마 아빠한테 관심도 없냐."

"나랑 무슨 상관이야. 콘으로 먹는다아!"

맹똘이랑 대화를 하려고 한 맹탐정의 잘못이었다. 맹탐정은 얌전히 계산을 했다.

"야! 아껴 먹어라."

맹똘이가 대꾸 없이 맹탐정의 어깨를 툭 치고 앞서 걸었다.

맹탐정은 얼른 어른이 되고 싶었다. 이유는 단 하나였다. 늦잠을 자고 싶어서. 1교시는 왜 꼭 아홉 시에 시작할까? 열한 시에 시작하면 안 될까? 아니면 아예 한 시는 어떨까? 우리나라에서 노벨상 수상자가 안 나오는 이유는, 수업시간에 대한 창의적인 고민이 부족하기 때문이라고 맹탐정은 생각했다.

더 이상 밍기적거리면 지각이란 생각이 드는 순간 맹탐정은 벌떡 일어났다. 방문을 나서자, 좀 전까지 하하호호 대화를 나누던 엄마 아빠가 입을 딱 다물었다. 요즘 이런 적이 한두 번이 아니다.

"왜 그러는 거야?"

"뭐? 왜?"

"아니 웃기잖아. 남도 아니고 부부가 사이좋은 걸 왜 숨겨? 그게 왜 비밀인데?"

"너는! 학교 갈 준비나 해. 일찍 일어나면 좀 좋아? 맨날 늦게 일어나서 허둥지둥. 아침도 못 먹고."

"두 분은 아침식사 즐겁게 하세요오."

맹탐정이 화장실로 들어갔다. 할머니의 작전이 성공한 걸까? 할머니가 계셨다면 엄마는 아빠보다 할머니에게 의지했을 것이다. 아빠도 마찬가지. 든든한 아들이 되지 못했다는 자책감이 매일을 짓눌렀을 것이다. 할머니 만세다, 만세.

학기가 시작되면 선생님은 늘 꿈을 물었다. 꿈 같은 건 없었다.

하고 싶은 것도, 되고 싶은 것도 없었다. 그런데 지금 결심했다. 할머니 같은 어른이 되기로. 할머니가 나의 꿈, 이라고 맹탐정은 생각했다.

3학년 담임 쌤과는 특별한 교류가 없었다. 담임 쌤은 늘 회사 다니기 싫다고 투덜거렸다. 회사란 학교를 말했다. 쌤의 말엔 100프로 동의했다. 엄마나 아빠를 봐도 알 수 있었다. 돈 벌기란 얼마나 힘든지. 그런 쌤이 맹탐정과 루나, 두 장우와 용우를 상담실로 불렀다.

"얼른 양심고백해. 누가 무슨 짓을 한 거야?"

상담실에 앉아 쌤을 기다리며 맹탐정이 물었다.

그때 담임 쌤이 들어왔다. 마시멜로를 든 채로. 우리가 초딩인 줄 아시는 걸까.

"이거 지금 구운 거야. 먹어 봐."

김장우가 마시멜로 꼬치를 받아 한 입 베어 물었다.

"와, 엄청 늘어나요, 쌤."

"너네 현우 쌤 보러 가고 싶다고 했다며?"

"쌤이 그걸 어떻게 아셨어요?"

"장우랑 연락한 쌤이, 쌤이랑 같은 학교에 근무한 적이 있었어."

교직 사회가 좁다고는 들었지만 이 정도로 좁을 줄은 몰랐다.

"잘못했어요. 너무 보고 싶어서 그랬어요."

맹탐정이 말했다.

"뭘 잘못해?"

"연락한 거요."

담임 쌤이 웃었다.

"도대체 현우 쌤은 너희한테 뭘 먹인 거야?"

"네?"

"내 꿈이 뭔 줄 알아?"

"무사안일?"

루나가 말했다.

"죄송해요. 쌤 페이스북에서 봤어요. 목표가 무사안일이라고."

담임 쌤이 웃었다.

"정답. 근데 가끔은 헌신하고 싶은 생각이 들어. 진심을 다하고 싶은 마음. 열정을 바치고 싶은 마음. 교사 첫 부임하고 열정에 넘쳤어. 근데 어느 순간 부질없게 느껴지더라. 갑자기 뜨거워진 화로는 찬물 한 바가지에 식기도 하거든."

담임 쌤이 준 마시멜로는 김장우의 말처럼 쫀득했다. 팔을 뻗는 데까지 쭉 늘어났다.

"현우 쌤을 직접 본 건 아니지만 들리는 소문으로는 뜨뜻미지근했다고 해. 뜨겁지도 차갑지도 않았다고. 근데 그게 맞는 것 같다는 생각도 들어. 나는 너무 뜨거웠지. 지금은 너무 차갑고."

마시멜로는 큼직해 보였는데 너무 금방 입에서 녹아 버렸다. 아쉬웠다.

"다시 연락이 왔어. 너네, 보고 싶대. 체면이고 뭐고 상관없대. 그저 보고 싶대."

맹탐정이 놀란 표정으로 루나와 마주 봤다. 이어 용우와, 김장우와 눈이 마주쳤다. 이장우를 향해 고개를 돌렸다. 윗입술과 아랫입술을 앙다문 이장우의 눈시울이 붉었다.

"주소야."

담임 쌤이 쪽지를 내밀다가 다시 거두며 말했다.

"근데 조건이 있어."

"뭔데요?"

맹탐정이 물었다.

"내가 동행하는 조건. 봉고차 끌고 올게. 남편이 논술학원 하거든."

우리는 고개를 끄덕였다. 쌤을 볼 수 있단 사실만으로 기뻤다. 기쁨이 차올랐다, 는 표현이 맞을 것이다. 쌤이 보고 싶었다.

명해 씨에게 당장 집으로 오라는 연락이 왔다. 실은 그런 말은 없었다. 떡볶이와 오뎅을 찍은 사진을 보냈을 뿐이다. 그건 당장 오라는 뜻이 맞았다.

"대박. 떡볶이가 아니라 파스타 같아요."

파스타 볼에 떡볶이를 담았더니 마치 이태리 음식처럼 느껴졌다. 맹탐정이 떡볶이에서 오뎅을 쏙쏙 골라 먹고 있는데 명해 씨가 봉투를 내밀었다.

"엥? 이게 뭐예요? 설마 돈봉투?"

"편지. 나 말고 할머니."

"할머니요?"

맹탐정은 포크를 내려놓고 봉투를 뜯었다.

맹승지 보거라.

모른 척해 줘서 고마우우.

내 손주, 내 친구, 내 스승 맹승지.

나의 손주로 와 줘서 고마우우.

덕분에 아주 행복한 노년을 보내고 있수.

아들 복은 없지만 며느리 복, 손주 복은 있나 보우.

같이 살든 안 살든 그런 건 중요한 게 아니네.

그저 많이 사랑한다고, 그 마음 전해 보우.

사랑할 수 있어서 행복한 인생이었다고 말해 보우.

사랑받는 게 행복한 걸까? 사랑하는 게 행복한 걸까?

할머니는 일평생 아들을 짝사랑했고 며느리와 손녀를 사랑했다. 사랑 가득한 인생을 살았다.

"오뎅 더 줘?"

명해 씨가 손을 내밀었다. 빈 그릇을 건넸다.

"키프 아직도 사람들 오는 거 싫어해?"

"그건 왜요?"

"자주 볼 것 같아서. 앞으로 아저씨 책방에서 글쓰기 클래스 운영하기로 했거든. 아저씨한테 내가 글방 연다고 했다며?"

"진짜요? 잘됐네요!"

글방을 홍보해 달라는 명해 씨의 말에 별생각 없이 이곳저곳 이야기하고 다녔다. 그런데 아빠 책방에서 글쓰기 클래스를 운영한다니. 맹탐정도 듣고 싶은 마음이 들 정도니 잘될 것 같다.

"그런데 조건이 붙었어. 글쓰기 클래스만 운영하면 안 되고 입시 논술 클래스도 같이 운영해야 한대. 서울대 출신이 직접 문제집 골라 주는 서점에 어울려야 한다는 거지."

"와, 구려."

"야, 오죽하면 그러겠어? 먹고사는 게 얼마나 고단한 일인지 네가 알아?"

아빠 책방에 대해 혹평을 마다 않던 명해 씨가 이렇게까지 변할 줄이야.

"언니, 뭐예요? 아빠랑 친해요?"

명해 씨가 조금 민망한 듯 고개를 끄덕였다.

"남들한테 말하긴 좀 그렇지만, 베프야."

"언제 베프까지 됐어요?"

"그런 건 묻지 마. 인생이 원래 그런 거니까."

둘이 닮기는 꽤나 닮았다.

"언니, 저 토요일에 누구 만나러 가요."

"누구?"

"쌤인데, 많이 아파요. 상상할 수도 없을 만큼 많이요."

"그렇구나."

"걱정돼요. 무슨 표정을 지어야 하죠?"

명해 씨가 한참을 대답하지 않았다. 그러다가 입을 열었다.

"함께해서 행복했다고 해. 그거면 되지 않을까?"

맹탐정이 고개를 끄덕였다. 정말 그거면 될 것 같았다.

담임 쌤이 '소크라테스 논술학원'이란 상호가 박힌 봉고차를 끌고 왔다.

"뭐 이리 바리바리 싸 들고 왔어."

쌤 말처럼 맹탐정의 손에도, 루나의 손에도, 김장우의 손에도, 용우의 손에도 짐이 잔뜩 들려 있었다.

"나사 쌤은 지금 좀 어떠세요?"

'암'이란 말을 안 꺼내려고 다들 필사적으로 노력했다.

"오늘 아침에 연락해 봤는데, 괜찮으시대."

"회복 가능성은요?"

맹탐정이 물었다. 엄마가 아침에 '기적의 물'을 싸 주면서 "이거 먹으면 췌장암이든 뭐든 싹 낫는대. 하루에 세 번씩 꼭 마시라고 해."라고 신신당부를 했다.

"그런 게 뭐가 중요하니."

쌤이 말했다.

요양원에 도착하자마자 담임 쌤이 면회 접수를 하러 갔다. 다섯은 운동장 벤치에 앉았다. 에덴요양원은 폐교를 개조해서 만든 곳이었다. 나사 쌤은 초등학교, 중학교, 고등학교, 대학교를 다니다, 다시 중학교에 부임했다가, 지금은 폐교된 초등학교에 있다. 쌤은 어쩜 이렇게 쌤과 어울리는 곳으로 왔을까.

벤치에 앉아 바다를 바라봤다. 바다가 보여서 다행이라는 생각도 했다.

나사 쌤을 얼른 만나고 싶은 마음과 만나고 싶지 않은 마음이

공존했다. 지금 이 순간이 계속되길 바라는 마음?

그때였다. 시간이 계속 지체돼, 쌤이 혹시 우리를 보지 않기로 마음을 바꾼 건 아닐까 조바심 내던 때.

멀리서 쌤이 걸어오는 모습이 보였다.

실루엣만 보고도 알 수 있었다.

나사 쌤이었다. 나사가 하나도 둘도 아닌 여러 개 풀린 나의, 우리의 나사 쌤이 멀리서 걸어오고 있었다. 맹탐정의 고민을 어린애 취급하며 무시하지 않고, 같이 고민해 줬던 선생님. 정답을 말해 주는 대신 같이 슬퍼해 준 선생님이 다가오고 있었다.

깡마른 채로.

본 적 없던 모습으로. 그러나 늘 봤던 모습 그대로.

"쌤!"

맹탐정이 입을 열었다. 쌤, 다음엔 어떤 말도 할 수가 없었다. 눈물이 날 것 같아서. 입을 열면 눈물이 뚝뚝 떨어질 것만 같았다.

"쌤."

김장우가 쌤을 불렀다.

"쌤."

용우가 쌤을 불렀다.

"쌤."

루나가 불렀다.

이장우는 입을 열지 않았다.

벤치에 앉았다. 담임 쌤은 볼일이 있다고 했다. 당연히 거짓말이라는 걸 알았지만 잡지 않았다.

"잘 있었어?"

나사 쌤은 나사가 하나도 둘도 셋도 아닌 정말 많이 풀린 모습이었다. 쌤다웠다는 뜻이다. 살이 빠져 턱이 브이 자 모양이었다. 손등엔 힘줄까지 보였다.

"나도 브이라인 하고 싶은데. 쌤, 비법 좀 공유해 주세요."

맹탐정도 알았다. 한심한 말이라는 걸.

"아빠는 잘 계셔?"

"쌤, 말도 마세요. 차라리 떨어져 살 때가 나아요. 엄마랑 둘이 얼마나 닭살 돋는지."

쌤이 희미하게 웃었다. 깡말라서 뼈가 보일 것만 같았다.

"나, 먼저 갈게."

애써 침착하게 말하고 있는데 이장우가 불쑥 끼어들었다. 담임 쌤 남편 차를 타고 오는 내내 이장우는 한마디도 안 했다.

"장우는 잘 지냈어?"

쌤이 물었다.

이장우가 금방이라도 한 대 칠 것 같은 얼굴로, 아니, 금방이라도 울 것 같은 얼굴로 말했다.

"네, 엄청요. 와, 진짜 너무 잘 지냈어요. 성적도 오르고, 행복하더라고요."

"다행이네."

쌤이 말했다. 이장우가 눈에 힘을 주며 말했다.

"쌤은 그저 교과서에 나오는, 좋은 선생님이 되고 싶었을 뿐이죠? 그래서 절 이용한 거예요. 엄마는 없고 아빠는 멀리 떠나 있고 조부모 밑에서 크는 애. 그런 애한테 잘해 주면 좋은 선생이라고 하겠지 하고. 쌤은 결국 정의로운 자신에 취해 있었던 거예요."

"너, 왜 그래."

용우가 이장우의 팔목을 잡았다.

"나는 진짜! 쌤이 이해가 안 가요. 잘해 주다가 갑자기 연락 끊으면 남겨진 사람은 어떤 기분인지 알아요? 차라리 잘해 주지 말지 그랬어요. 네?"

"장우야."

쌤은 장우의 이름을 부르는 것도 힘들어 보였다.

"쌤은 진짜 나쁜 사람이에요. 왜 저한테 잘해 주셨어요? 왜 애들 몰래 문제집 사 주고 김밥 사 주고 불고기 사 주셨어요? 네? 안 그랬으면 이렇게 맘 아프지 않았을 거잖아요."

"내가 사 준 문제집은 다 풀었어?"

"저한테 잘해 주는 사람들은 벌받나 봐요. 잘해 준 사람들은 다

떠나요. 저는 정말 쌤을 미워해요. 진짜 싫어해요. 알았죠?"

"비가 오면 장우가 우산은 챙겨 왔을까 걱정했어. 너는 우산 같은 거 안 챙기잖아. 그래도 다른 장우가 챙겨 주겠지, 했어."

김장우가 고개를 떨구었다.

"너는 엄마도 없고 나도 없지만, 장우가 있잖아. 장우가 있어서 장우 걱정은 없었어."

쌤의 입을 막고 싶었다. 한마디 한마디 뱉는 게 고통스러워 보였다.

"장우는 걱정 마세요."

김장우가 울먹이며 떨리는 목소리로 말했다. 이장우가 손등으로 눈물을 훔치더니 "쌤은 정말 나쁜 사람이 맞아요."라는 말을 남기고 운동장을 가로질러 달려갔다.

맹탐정이 몰래 눈물을 훔쳤다.

나사 쌤이 이장우의 뒷모습을 가만히 응시하곤 힘겹게 숨을 내쉬었다.

"쌤, 저는 쌤이 갑자기 연락두절돼서 비밀 결혼이라도 한 줄 알았어요."

침묵을 깨고 맹탐정이 말했다. 황당한 농담에 쌤이 웃어 주었다.

"그러니까. 결혼을 하려면 빨리 연애를 해야 하는데, 너희는 왜 이렇게 나를 찾는 거야? 시간도 없는데."

"쌤, 거울 좀 보세요."

용우가 말했다. 쌤이 웃었다. 쌤이 웃으니까 좋았는데, 가슴 한 켠이 찌르르 아프기도 했다.

"많이 아프세요?"

루나가 물었다. 나사 쌤이 고개를 저었다.

"내가 제일 억울한 게 뭔지 알아?"

쌤이 말했다.

"아니 기껏 골라서 왔더니 또 학교인 거 있지? 평생을 학교만 다니네. 아휴 지겨워."

쌤이 고개를 절레절레 흔들었다.

"내가 이러니 하느님 원망 안 해?"

"쌤 교회 안 다니시잖아요."

"부처님은 뭐 좋으신 분인 줄 알아?"

"절도 안 다니시잖아요."

"그래서 아무도 나를 안 지켜 줬나? 예수도 부처도?"

쌤이 숨이 넘어갈 듯 웃었다.

"쌤, 아빠가 이거 드리래요."

맹탐정이 선물을 내밀었다.

"책이네? 아니 진짜."

나사 쌤이 미간을 찌푸렸다.

"너네 아빠도 참. 한 달이 남았을지 두 달이 남았을지도 모르는데 이렇게 두꺼운 책을 보내면 어떡하니? 이걸 죽기 전에 다 읽겠어?"

쌤이 또 웃었다. 하지만 아무도 따라 웃지 못했다.

"자아는 찾으셨대?"

맹탐정이 고개를 저었다.

"찾은 척하는데, 딱 봐도 못 찾았어요."

"그래도 찾은 척하는 게 어디야."

"어른이 된 거죠."

"넌 괜찮아?"

맹탐정이 고개를 끄덕였다.

"전 괜찮아요. 쌤이, 쌤만 건강하면……."

쌤이 루나와 김장우, 용우와 맹탐정의 눈을 차례차례 마주쳤다.

"이런 모습 보여 주고 싶지 않아서 안 보겠다고 한 건데, 얼굴 보니 좋네. 와 줘서 고마워. 오겠다고 안 했으면 오라고 할 엄두도 못 냈을 거야. 마음으로만 그리워했겠지."

"쌤, 저희 또, 올……."

맹탐정이 입을 열었다. 한 글자 한 글자에 힘을 줘야 했다.

하지만 쌤이 맹탐정의 말을 끊었다.

"건강하게 잘 지내. 오늘 와 줘서 고마워. 이제 가 봐. 가 보는 게 좋겠다."

용우와 김장우는 입술을 앙다물고 있었다. 혹시 입을 떼면 눈물이 폭포수처럼 흘러나올까 봐 걱정되는 사람처럼.

"쌤! 아침에 일어나면 공복에 따뜻한 물을 마시세요. 그리고 유산소운동 하시고 잡곡밥에 등 푸른 생선 드시고요! 네?"

루나가 말했다.

"들어가 볼게. 장우한테는……."

쌤이 잠시 생각에 잠겼다.

"나는 좋았어, 너희 만나서."

쌤이 뭔가를 더 말하려다가 입을 다물었다. 그러곤 간병인을 향해 손짓을 했다.

쌤이 우리 담임이어서 정말 좋았어요, 라고 말하고 싶었지만 말하지 못했다. 간병인이 쌤이 휠체어에 앉는 걸 도왔다. 아쉬운 마음으로 작별 인사를 하고, 쌤이 얼마간 우리에게서 멀어졌을 때, 어디선가 "쌤!" 하는 소리가 들렸다.

돌아보니 이장우였다.

이장우가 달려와 휠체어에 탄 쌤을 안았다. 꺼억꺼억 숨넘어가는 소리가 들렸다. 온몸이 들썩였다. 이장우는 한마디도 하지 않은 채 온 힘을 다해 울었다. 쌤을 안고. 마치 사명을 완수하는 장군 같았다.

맹탐정과 용우, 루나와 김장우가 돌아가는 쌤의 뒷모습을 향해 허리를 숙였다.

존경과 사랑을 담아.

존경과 사랑은, 가지고 있는 게 아니라 보내야 하는 것임을 깨달았다. 존경할 수 있는 선생님을 만나는 게 인생에서 얼마나 큰 행운인지. 아마 어른이 되면 번개를 맞은 것처럼 확실히 알게 될 것이다. 그건 수치화할 수 없는 축복이었음을.

안녕, 나의 바다

며칠 후면 겨울방학이다.

지난 겨울방학과 다른 점이 있다면 헤어짐을 앞두고 있다는 것이다. 몇 명은 산이군에 남고 몇 명은 정주시로 떠난다.

나의 미래도, 아니 고등학교도 정해졌다. 굳이 정정한 이유는 고등학교가 정해졌다고 미래가 정해진 건 아니니까. 미래는 정해지지 않는다. 미래는 언제나 살아 움직인다, 라고 병률이가 말했다.

병률이와는…… 이건 이따 말하겠다. 아니다. 평생의 비밀이다. 아, 살짝만 얘기하자면, 그렇고 그런 사이다. 그렇고 그런 사이가 뭐냐면, 그렇고 그런 감정이 오갔다는 뜻이다.

우선 소식을 전해야 할 것 같다. 할머니는 빌라 1층으로 이사했다. 돌아가실 때까지 혼자 살겠다는 다짐은 슬프게도 지켜질 것 같다. 명해 씨의 입시 논술 클래스는 다행히 밥벌이할 정도는 됐다. 아빠와 명해 씨는 정말 잘 맞는다. 서로에 대한 애증까지.

언니는 수능을 너무 잘 봐서 걱정이었다. 원래 가려던 과에 가기에는 성적이 너무 아깝다나? 아니, 성적이 잘 나왔다고 가려던 과를 못 간다니. 이상한 세계였다. 맹똘이는 말수가 더 줄었다. 게다가 밤낮 가리지 않고 농구를 해서 피부가 새까맣게 타고 살이 쪽 빠졌다. 설거지라도 해 주려고 하면 누나 내가 할게, 말하고는 나를 옆으로 밀어냈다.

그런 모습을 볼 때면 1년 전과 같은 사람이 맞을까? 생각하게 된다. 우린 한평생 자기 자신으로 살아가지만 끊임없이 변태한다. 앞으로 어떻게 변할지는 모르지만, 이거 하나만은 안다. 기대와 다르게 변한다 해도 그 또한 나라는 사실을.

아빠는 평양냉면만이 진정한 냉면인 건 맞지만, 세상에는 함흥냉면을 좋아하는 사람도 존재한다는 걸 마지못해라도 인정하는 사람이 되었다. 장족의 발전이다.

나사가 하나도 둘도 아닌 여러 개 빠진 것만 같은,

그래서 우리가 사랑했던 현우 쌤을 추모하는 시간을 갖고자 합니다.

현우 쌤을 기억하는 사람 모두.

그리운 마음만 가져오시길 바랍니다.

장소 : 산이중학교 1학년 1반 교실

시간 : 1월 2일 오후 3시

준비물 : 마음

나는 친구들과 함께 나사 쌤을 추모하기로 했다. 이장우가 단톡방에 공지를 올렸고 우리는 기쁜 마음으로 추모식을 준비했다.

장례식을 왜 하는지 몰랐었다. 이미 떠난 사람을 그리워하며 운다고 떠난 사람이 돌아오는 것도 아니니까. 이번에 추모식을 준비하면서 알았다. 그건 남은 사람들을 위한 행사였다. 상실의 아픔을 나누기 위한 시간.

사람들의 기억을 통해 떠난 사람은 돌아온다.

추모식을 하루 앞둔 날, 엄마는 가족들을 소집했다. 중요한 할 말이 있다고 했다.

아빠가 산이군으로 돌아온 이후 엄마 아빠는 방을 따로 썼다. 당연한 결정이었다. 아빠는 자신의 책임을 다하지 않았다. 아빠로서 남편으로서 아들로서. 엄마는 아니었다. 엄마로서 며느리로서 책임을 다했다. 아빠가 돌아왔다고 냉큼 받아 줄 수 없었을 거다.

혹시 다시 같이 방을 쓰기로 했나? 이제 정말 부부처럼 살기로 했다고 말하려는 걸까? 그런데 한편으론 그런 걸 선언하듯 말한다는 것도 이상했다.

식탁엔 진수성찬이 차려져 있었다.

"뭐야? 미역국에 잡채에 불고기에, 아니 이건 뭐야? 마라탕까지!"

"승옥이도 대입 준비하느라고 고생했고, 너도 또 너대로 이제 중학교 졸업하고, 승현이도 크느라 고생했으니까 겸사겸사."

"근데 왜 할머니는 초대 안 했어?"

엄마는 아빠보다 할머니를 더 신뢰하고 좋아한다. 가족 모임에 아빠는 초대 안 해도 할머니를 빠트린 적은 없었다. 뭔가 이상했다.

"가족끼리 할 말도 있는 거야."

할머니는 가족 아닌가. 이 말을 입 밖으로 내려는 순간, 언니가 나를 툭 쳤다.

'가만히 있어.'

언니가 입 모양으로 말했다.

미역국에 밥을 말아 먹고 잡채를 꾸역꾸역 먹으면서도 이상하다는 생각을 지울 수 없었다. 뭔가 예상 밖의 일이 벌어지고 있었다.

"겨울이라 그런지 딸기가 실하네."

엄마가 딸기 케이크를 가져왔을 때에야 의심이 확신으로 변했다.

"초는 왜 켜? 누구 생일이야?"

"그냥. 기분 내는 거지. 새해잖아."

초는 켰는데 부를 노래가 없었다. 새해 축하합니다, 새해 축하합니다, 그런 노래라도 불러야 할까. 한겨울인데도 난방 때문에 거실이 후끈했다. 생크림이 조금씩 흘러내렸다. 촛농이 떨어지기 시작했다. 초록색과 빨간색이 생크림에 번졌다.

"그냥 내가 끌게."

언니도 맹똘이도 가만히 있어서 내가 불을 껐다.

엄마가 케이크를 6등분해서 각자의 접시에 덜어 줬다. 한 조각이 남았다. 할머니까지 계셨으면 딱 맞았을 텐데, 하는 생각이 절로 들었다. 불고기와 잡채 때문에 터질 것 같은 배를 부여잡고 나에게 할당된 케이크를 다 먹었다. 그래야만 할 것 같았다. 언니와 승현이도 접시를 다 비웠다.

케이크를 먹고 나자 엄마가 아빠를 향해 눈짓을 했다. 아빠가 마른세수를 하고 우리를 바라봤다. 그리고 말했다.

"이혼하려고."

작년이었다면, 재작년이었다면 이해했을 것이다. 내가 엄마라도 아빠와 이혼하고 싶을 테니까. 그런데 지금은 아니었다. 가끔이지만 엄마와 아빠는 예전 이야기를 하면서 웃기도 했다. 사이가 점점 좋아진다고 생각했다.

"엄마도?"

엄마가 고개를 끄덕였다.

"나쁜 일 아니야."

"이혼이?"

엄마가 이번에도 고개를 끄덕였다.

"아빠랑 잘 이야기했어. 같이 사는 것보다는 따로 사는 게 좋을 것 같아. 당연히 너네한테는 각자 부모 노릇 할 거고."

"왜? 갑자기?"

"너는 싫어? 우리가 이혼하는 게?"

나는 답할 수 없었다. 엄마 아빠가 이혼할 수도 있다고 종종 생각했다. 아빠가 우릴 떠나 정주시에서 지내던 때였으면 고개를 끄덕였을 것이다. 그런데 아빠가 돌아오고 2년이나 지난 후에 갑자기 이혼을 한다는 게 이해되지 않았다.

나는 고개를 저었다.

"이해가 안 가서. 엄마랑 아빠랑 사이좋아지지 않았어?"

"사이가 나빠서가 아니야. 여러 방면으로 생각해 봤는데 엄마랑 아빠는 더 이상 부부로서의 연을 이어 가기는 어려울 것 같아. 단도직입적으로 말할게. 엄마는 엄마의 남은 생을 아빠와 함께하고 싶지 않아."

엄마가 물을 마셨다.

아빠는 고개를 숙인 채 있었다.

"너희 아빠는 좋은 사람이야. 네 아빠가 엄마한테 화내는 거 한 번이라도 본 적 있니? 너네한테도 그렇고. 아빠는 좋은 사람이야."

엄마는 아빠가 좋은 사람이란 말을 두 번이나 강조했다.

"미숙했던 시절에 실수도 했지만, 지금은 아빠로서 책임을 다하고 있고. 그런데 문제는 엄마야."

엄마가 침을 꼴깍 삼켰다.

"잠들기 전에 혼자 방에 있으면 불쑥불쑥 화가 올라와. 너네 어린 시절에 혼자 애들 키우면서 힘들었던 일들이 자꾸 떠오르거든. 시간이 약이겠거니 했는데 그게 안 되네. 네 아빠만 보면 화를 주체할 수가 없어. 너네 학교 가고 없는 사이에 엄마가 아빠한테 얼마나 악다구니를 쓰고 화를 내는지 모를 거야. 그러고 나면 눈물이 나. 내가 싫어서."

"그럼 같이 웃고 이야기 나눴던 건?"

엄마가 슬며시 웃었다.

"헤어지기로 결심하고 나니까 마음이 좀 풀리더라. 신기하게도."

아빠는 여전히 고개를 숙인 채였다.

"엄마가 아빠한테 욕 많이 했어."

"무슨 욕?"

이런 질문 할 상황이 아니란 걸 알 정도의 눈치는 있었지만, 정말 궁금했다. 엄마가 말을 막 하는 경향은 있어도 욕은 안 한다.

"너는 이 상황에 그게 궁금하니?"

엄마가 말했다. 맹탐정이 고개를 끄덕였다.

"너한테 해 주기 전에 가만있어 봐."

맹탐정은 가만히 있었다.

잠시 침묵이 흘렀다. 그때 맹똘이가 어깨를 들썩였다. 설마 우는 걸까? 하긴, 아무리 다 큰 척해도 아직 오줌 싸는 애일 뿐이다. 부모의 이혼이 충격적일 것이다.

맹똘이의 등을 두드렸다. 점점 더 격양되는 듯했다. 그런데 뭔가 이상했다. 이건 울음소리가 아닌데?

"너, 웃어?"

맹똘이가 고개를 들었다. 맹똘이는 웃고 있었다.

"누나는 가만히 있으란다고 진짜 가만있냐."

"뭐래, 진짜."

어이가 없어서 웃음이 나왔다. 내가 웃자 언니가 따라 웃고 이어 엄마가 웃었다. 아빠는 웃지 않았다.

"할머니한테는 말했어요?"

언니가 엄마한테 물었다. 엄마가 고개를 저었다.

"이제 말씀드려야지. 이해하실 거야."

할머니는 아마 자기 때문이라고 생각하실 것이다. 자기가 집을 나가서 이렇게 됐다고.

"진작에 했어야 했는데, 시어머니가 너무 좋아도 문제라니까. 차라리 시집살이를 왕창 시켰어 봐라. 내가, 어? 벌써 이혼하고 말았지."

엄마는 개그맨이 됐어야 했다. 부모가 이혼한다는데 자꾸 웃음이 났다.

"다른 건 다 괜찮은데, 내가 싫어지는 건 못 참겠더라. 내가 그렇게 별로인 사람은 아니잖아."

할머니는 아마 오랫동안 괴로워하실 것이다. 엄마 아빠가 이혼하는 건 괜찮다.(일단 지금은 말이다.) 그런데 할머니가 괴로워하는 건 못 볼 것 같았다.

"아빠도 동의한 거야?"

아빠가 한참 동안 대답을 하지 않다가 무겁게 입을 열었다.

"저녁엔 냉면 먹으러 안 갈래? 냉면이 원래 겨울 음식이거든. 사람들이 그걸 몰라."

사람들이 뭘 모르는 게 아니라 아빠가 아직도 세상을 모른다.

"그럼 책방은?"

"이혼만 하는 거야. 변하는 건 없어."

엄마가 말했다.

"그럼 이혼은 왜 해?"

"그건, 그러니까……."

엄마가 잠시 나를 보더니 말했다.

"이혼은 이혼이고, 엄마 아빤 친구처럼 지낼 거야. 아빠도 근처에 작은 집 얻을 거고. 부모 역할 같이 열심히 할 거고."

그러고는 다짐하듯 덧붙였다.

"그럼 더 행복한 가족이 될 거야."

이혼함으로써 더 행복한 가족이 된다는 게 이해가 가지 않았지만 엄마 말은 맞을 것이다. 엄마는 자주 틀린 말을 하지만 아주 가끔 맞는 말을 하는데, 지금이 그 순간이란 걸 알 수 있었다. 엄마는 틀린 말을 할 땐 목소리가 크지만, 맞는 말을 할 땐 차분해지기 때문이다.

"추모식이 언제라고?"

"내일이요."

"디저트 좀 보내야겠네."

추모식은 1학년 1반 교실에서 하기로 했다. 나사 쌤과 수업했던 교실이다.

"어떻게 그런 일이 있니. 세상 참 무심하다."

주인 없는 마지막 케이크 한 조각이 녹아 흐물거렸다. 빨간색 촛농과 초록색 촛농 때문에 색조 화장을 한 여자의 눈물 같았다.

"우리 가족, 괜찮은 거지?"

내가 물었다.

엄마도, 맹똘이도, 언니도 고개를 끄덕였다. 이어 아빠도 천천히 고개를 끄덕였다. 괜찮을 것이다. 지금껏 그랬듯이.

교실에 가장 먼저 도착해서 친구들을 기다렸다. 용우가 곧 왔고, 써니와 루나가, 김장우와 이장우가 차례로 들어왔다. 나사 쌤을 모르는 병률이도 국화꽃을 들고 왔다. 교탁엔 편지와 흰 국화꽃이 놓였다.

올 사람들이 거의 다 왔는데 복도에서 발소리가 들렸다.

“누구지?”

“아직 안 온 애들 누가 있지?”

애들이 웅성거리는 순간, 교실 앞문이 활짝 열렸다. 국화꽃을 든 인혜가 서 있었다.

맹탐정에게는 미국에 대한 환상이 있었던 것 같다. 촌스러웠던 사람도 미국에 가서 몇 달만 살면 세련되게 바뀔 거라는 환상. 인혜의 이마에 ‘산이군’이라고 쓰여 있었다. 설마 내 이마에도? 김장우의 이마를 봤다. ‘찐따’라고 쓰여 있었다.

“넌 정말 한결같다.”

김장우가 인혜를 보더니 말했다.

“너도 정말 똑같아.”

인혜의 말에 김장우가 발끈했다.

“무슨 말이야? 우리 엄마가 열일곱 살 되더니 더 잘생겨졌다고 했는데.”

"너네 어머니도 참 고생이 많다. 네 얼굴 보고 잘생겼다고 말해야 하고."

아, 인혜는 미국 애답게 더 직설적으로 변했다. 아주 마음에 들었다.

"너도 말이야."

인혜가 나를 봤다.

"왜? 뭐?"

두 장우와 용우를 상대하며 얻은 맷집이 있다. 가만히 당하진 않을 것이다.

"보고 싶었어."

인혜가 나를 안았다.

"나도."

당하지 않겠다. 똑같이 반가워해 줄 것이다. 인혜의 품은 따뜻했다. 숨이 좀 막혀서 답답할 뿐.

"오, 온다는 말 없었잖아?"

맹탐정이 물었다. 인혜가 그제야 팔을 풀었다. 죽기 직전 살려준다는 말이 이런 거구나.

"안 올 수가 없었어."

오고 싶었어가 아니라 안 올 수가 없었다니.

"이거 뭐야?"

칠판엔 나사 쌤의 사진들이 붙어 있었다. 운동장을 바라보는 나사 쌤의 뒷모습과 의자에 앉아 꾸벅꾸벅 조는 모습, 용우와 나란히 서서 어색한 표정으로 브이를 하고 있는 모습, 이장우를 흐뭇하게 바라보고 있는 모습 등이었다.

핸드폰 카메라로 찍은 사진을 출력했다. 이장우의 아이디어였다. 단톡방에 각자 출력하고 싶은 사진을 올렸다. 내 핸드폰엔 나사 쌤이 이상한 표정을 짓고 있는 사진이 많았고 용우 핸드폰엔 사진이 거의 없었고 김장우의 핸드폰엔 이장우와 쌤이 같이 찍은 사진이 많았다. 내 핸드폰에 찍힌 나사 쌤의 얼굴은 나른해 보였다. 이장우가 찍은 사진 속 쌤은 따뜻해 보였고, 루나의 핸드폰에 찍힌 쌤은 활기차 보였다.

각자 자신이 바라보는 모습과 흡사한 모습을 찍게 되나 보다. 또한 사진을 찍는 사람을 바라보는 나사 쌤의 마음이 드러났기 때문이기도 하다. 내가 나사 쌤을 싫어했다면 나사 쌤이 찡그린 사진만 찍었을 테고, 나사 쌤이 나를 싫어했다면 내가 사진을 찍으려고 할 때마다 미간을 좁혔을 것이다.

사진은 생각보다 많은 걸 보여 준다.

나사 쌤은 우리들을 사랑했다. 사진을 출력해서 칠판에 붙이면서 다시 깨달았다. 사랑을 받을 땐 사랑을 받는지 모를지도 모른다. 그러나 영영 모를 수는 없다.

"나도 있네."

인혜가 말했다.

"그럼, 널 어떻게 빼냐?"

인혜가 나를 툭 치더니 "내가 남자면 너랑 사귀었다."라고 했다.

"뭐래?"

맹병률이 쏘아붙였다. 병률이는 나사 쌤과 특별한 인연은 없지만, 추모하고 싶다고 했다. 아이들도 모두 좋다고 해서 오게 됐다.

"아, 전복?"

인혜가 아는 척을 했다. 맹병률은 20년 후 동창회에서도 전복 때문에 놀림당할 팔자였다.

"왜? 승지가 어때서? 그게 그렇게 짜증낼 일이야? 난 진짜 남자였음 승지랑 사귀었어."

"요새 사랑하는데 남자 여자가 어딨냐? 그냥 지금 사랑해. 네가 맹승지 데려가 주면 우린 땡큐지."

김장우가 말했다. 진짜 김장우는 언젠가 누구에게라도 한 대 맞을 것이다.

"너 자꾸 그딴 식으로 하면, 너랑 사귀는 수가 있다."

솔직히 내가 생각해도 나는 진짜 재치 있다. 김장우의 표정이 점점 썩어 들어갔다.

"양다리야?"

맹병률의 말이었다.

"양다리?"

인혜가 되물었다.

"남자친구 생겼어?"

인혜가 맹탐정에게 물었다.

"맹승지한테 남자친구가 있다고?"

김장우가 눈을 동그랗게 뜬 채로 어깨를 들썩거렸다. 조금 있으면 메롱이라도 할 기세였다. 참고로 김장우는 일곱 살이 아니라 열일곱 살이다.

"누군지 불쌍하지?"

이건 이장우의 말.

"진짜 몰라?"

이건 용우의 말.

"걜 위해 기도해 줘. 내 기준 우리 중에 제일 불쌍한 애야."

이건 김장우의 말.

팍!

이건 뒤통수 맞는 소리였다. 드디어! 김장우가 뒤통수를 맞았다. 범인은 맹병률이었다. 나는 입을 다물 수 없었다.

"너네 걱정이나 해라. 모쏠들아. 너넨 평생 여자친구 못 사귈걸? 승지 같은 앤 더더욱."

비밀은 남에 의해서만 폭로되지 않는다. 당사자가 지뢰인 경우가 대부분이다. 생각해 보면 할머니의 비밀을 알게 된 것도 할머니의 부주의함 때문이었다. 맹병률 아빠의 비밀도.

"전복이랑 승지가?"

인혜가 미간을 찌푸린 채 말했다.

"너, 정말 얼굴만 보는구나! 한결같다, 정말."

나는 정말이지, 기분이 너무 좋았다.

추모식은 뜻대로 되지 않았다. 나사 쌤을 추억하기 위해 모였는데 서로의 근황을 나누기 바빴다. 기억도 제각각이었다. 서로 맞다, 아니다로 목소리를 높이다가 이내 또 다른 이야기로 빠졌다.

"쌤이 떡볶이를 좋아했다고? 여자애들이 하도 좋아하니까 그냥 먹어 주신 거지, 쌤은 달달한 음식 안 좋아해."

"여자애들? 여자만 떡볶이 좋아하냐? 쌤이 먼저 떡볶이 먹으러 가자고 한 적도 있거든?"

"쌤은 홍어 좋아해. 추억의 음식이라고 했어."

쌤을 잃고 쌤에 대한 추억을 나누려고 했는데 기껏 한다는 말이 떡볶이와 홍어 이야기라니. 서로 자기 말이 맞다고 우기다가 어느 순간 침묵이 찾아왔다.

"나중에 성공해서 존경하는 스승이 누구냐고 하면 나사 쌤 말할 거야."

이장우가 말했다. 의외의 말이었다. 이장우와 성공은 어울리지 않았으니까. 이장우가 성공을 못 할 거라는 게 아니라 이장우가 성공에 관심이 있다는 게 놀라웠다. 우린 서로에 대해서 얼마나 알고, 얼마나 모를까.

나는 나사 쌤이 자전거를 타고 가면서 전화를 받다가 길목에 처박힌 이야기를 했다. 내가 아빠 때문에 고민할 때 내가 거기 너무 얽매여 있는 것 같다고 말해 줬던 일도. 인혜는 부모의 이혼으로 혼란스러워하는 자신에게 누구를 따라가든 너라는 본질은 변하지 않는다고 해 준 말이 기억에 남는다고 했다. 김장우는 나사 쌤이 CC였는데 군대 간 사이에 여자친구가 고무신을 거꾸로 신었다는 이야기를(역시나 SNS에서 찾았다고 했다.) 했다.

그러자 나사 쌤이 정말 살아 있었다는 실감이 났다. 우리와 함께했었다는 감각. 죽음은 육체를 앗아 가지만, 남은 사람의 기억까지 가져가진 못한다. 그렇다면 기억하는 한 영원히 살아 있는 것 아닐까. 나사 쌤은 우리 안에 영원히 살아 있을 것이다.

"우리 내년에도 볼래?"

내가 물었다.

우린 이제 고등학생이 된다. 각자의 삶에 바빠지겠지. 한때 같은 교실에서 공부했고 같은 순간들을 공유했지만 아주 다른 삶을 살게 될 것이다. 그래서 슬프다는 생각보다는 이런 순간들을 함께하는 사이를 뭐라고 부르는지에 대해 생각했다.

바로 친구. 그리고 이런 순간들을 '우정을 나눈다'고 한다는 것도.

"그래, 우리 아니면 누가 너희랑 놀아 주겠냐?"

김장우는 늘 맞는 말만 했다. 매 맞는 말.

시시껄렁한 농담을 하다 보니 어느새 해가 뉘엿뉘엿 지고 있었다.

추모식이 끝나고 용우와 바닷길을 걸었다. 걷는 동안, 한마디도 하지 않았다. 말하지 않아도 말을 하고 있는 것만 같았다.

벤치에 앉았다. 겨울 바다도 일상의 풍경처럼 자주 봤을 텐데 왠지 처음 보는 것처럼 생경했다. 여름 바다가 열기 가득한 축제의 밤처럼 느껴졌다면 겨울 바다는 축제가 다 끝난 후의 새벽녘처럼 쓸쓸하게 느껴졌다.

살얼음이 낀 바다의 표면에 햇살이 비치었다. 다이아몬드처럼 반짝반짝 빛났다.

"겨울 바다 진짜 예쁘다."

"이젠 자주는 못 보겠다. 여기 살아서 제일 좋은 점은 보고 싶을 땐 언제든 바다를 볼 수 있는 거였는데."

용우도 곧 산이군을 떠난다.

"아빠가 다시 돌아올 거라고 생각하지 않았는데 돌아왔고, 곧 이혼할 거라고 생각했는데 다시 사이가 좋아졌고, 그래서 이젠 이혼하지 않겠구나 했는데 이혼한대."

"뭐? 너네 부모님 얘기야?"

나는 고개를 끄덕였다.

"이혼하신대?"

"엄마가 아빠랑 있으면 갑자기 화가 불쑥불쑥 난대. 그럼 화를 주체할 수가 없대. 막 미친 듯이 화를 내고 나면 싫어진대."

"너네 아빠가?"

나는 고개를 저었다.

"자신이. 스스로가."

용우는 고개를 갸우뚱하다가 고개를 끄덕거렸다.

"엄마는 자신을 지키려는 거야. 엄마가 많이 미웠어. 말도 툭툭 내뱉고 열받게 하니까. 그런데 자기를 지키려고 하는 모습이 되게 멋있었어."

"넌 괜찮아?"

"어릴 땐 엄마 아빠가 전부였어. 아빠가 집 나갔을 땐 세상이 무너지는 것 같았고. 깜깜하다고 해야 하나? 엄마가 뭐라고 하면 하루 종일 기분이 우울했어. 근데 이제 점점 엄마 아빠가 어릴 때만큼 중요하진 않아."

"우리 어른이 돼 가나 봐."

용우가 말했다. 나는 문득 궁금해졌다. 어른이 된 용우의 모습이. 지금과 얼마나 같고 얼마나 다를까. 달라진 용우와도 친하게 지낼 수 있을까.

"용우야, 넌 뭐가 되고 싶어?"

용우가 나를 바라봤다. 한참 동안 서로를 응시했다. 용우가 이윽고 입을 열었다.

"나."

불현듯 눈물이 날 것 같았다.

"내가 되고 싶어."

"넌 꼭 그렇게 될 거야."

나는 용우가 꼭 용우가 될 거라고 믿었다.

붉은색의 바다가 검은색의 바다로 점점 변하고 있었다. 바다는 보통 파란색이라고 하지만, 아니었다. 바다는 색이 없다. 한낮엔 파란색이었다가 오후엔 붉은색, 한밤엔 검은색이 된다. 바다는 변하는 게 아니다. 언제든 자기 자신이 되는 거다. 붉은색도 검은색도 자기 안에 있으니까.

"우리 지금 엄청 소중한 시간들을 지나가고 있는 것 같아. 인생에서 다시 오지 않을 그런 시간들."

이런 말을 하는 게 하나도 쑥스럽지 않았다. 겨울 바다의 힘일까?

"이 시간을 너와 함께할 수 있어서 기뻐."

용우가 갑자기 벌떡 일어섰다. 내가 너무 느끼했나?

"알겠어. 그만할게."

바다를 바라보고 있던 용우가 천천히 고개를 돌렸다. 눈시울이 붉었다.

"축제 때 했던 연극 말야. 마지막에 자아가 도망치다가 갑자기 서서 말하잖아. 나를 지키고 살 거라고. 아무리 두려워도 자신임을 포기하지 않겠다고. 꼭 나한테 하는 말 같았어. 승지야, 고마워. 네가 내 친구여서 다행이야."

중학교 3학년 마지막 축제에서 나와 친구들은 '자아 실종 사건'이라는 연극을 했다. 대본은 내가 썼다. 루나가 자아 역을 맡았고, 두 장우가 자아 사냥꾼 역을 맡았다. 두 장우는 60분 내내 자아를 쫓아다닌다. 그러나 자아는 결코 잡히지 않는다.

무대 위에서 자아는 말한다.

나는 태풍이나 폭우에도 자리를 지키는 바다처럼 자신을 지키고, 햇살에 따라 시시각각 변하는 바다처럼 변할 거라고. 그 어떤 고통에도 자신임을 결코 포기하지 않을 거라고.

자아는 더 이상 도망치지 않는다. 자아 사냥꾼은 연기처럼 사라진다.

그 장면을 쓰는 동안 내내 울고 싶은 기분이었다. 놀이공원에서 엄마 손을 놓쳐 버린 다섯 살 어린애 같은 심정이었는데 문득 거울을 보니 나는 더 이상 어린애가 아니었다. 무섭고 두려워서 숨어 있고 싶은데 인생은 자꾸 등을 떠민다. 잠깐만, 잠깐만 해도 소용없다. 어디로 가야 하는지도 모른 채 쫓기듯 발걸음을 옮긴다.

"……그리울 거야. 너도, 지금의 나도."

한 달 뒤엔 태어나서 지금껏 살아왔던 산이군을 떠나야 한다. 내 기쁨과 슬픔이 녹아 있는 이곳을. 바다가 있는 이곳을. 한 살의 나와 두 살의 나와 열세 살의 나와 열여섯 살의 내가 있던 이곳을.

안녕, 안녕.

나의 바다.

안녕, 안녕.

나의 소중한 친구.

안녕, 안녕.

지금의 나여.

다시 만나지 못할 지금의 나여.

아이를 어린이집에 맡기고 1권의 초고를 쓰기 시작했다. 그 아이는 올해 초등학교에 입학했고, 나는 3권의 작가의 말을 쓰고 있다. 정말 긴 시간이었다. 나의 30대는 출산, 육아와 함께 맹승지와의 만남과 이별로 대변할 수 있을 것 같다.

내가 만든 인물이라도, 일단 만들고 나면 내 맘대로 하지 못하게 된다. 마치 자식처럼. 양육의 최종 목표는 아이의 자립이라고 배웠다. 소설도 마찬가지인 것 같다. 쓰고 나면 보내 줘야 한다.

아이의 자립을 앞두고 해 주고 싶은 말이 뭘까 생각해 보니, 그저 자신을 아끼고 당당하게 살라는 말밖에 떠오르지 않는다.

승지에게도 말해 주고 싶다.

고등학교에 가고 사회에 나가면 지금까지 겪었던 일들과는 차원이 다른, 아주 힘든 일들이 기다리고 있을 텐데, 아마도 그런 일을 맞닥뜨릴 때마다 스스로를 싫어하게 될 거라고. 그럼에도 자신을 너무 미워하지 말라고.

자신을 아끼는 일은 생각보다 쉽지 않다. 삶이 버거우면 자신부터 방치하고 싶어지니까. 어쩌면 자신을 방치하고, 방치한 자신을 다시 끌어안는 과정까지도 삶인지도 모르겠다.

그럼 이렇게 말해 줘야겠다.

승지야, 자신을 방치하더라도, 그래서 자신을 방치한 스스로가 싫어지더라도, 다시 자신을 안아 줘, 라고.

어쩌면 나에게도, 나의 아이에게도, 이 글을 읽는 독자에게도 감히 하고 싶은 말인지도 모르겠다. 자신을 안아 주세요, 부디.

작법에 관한 유명한 말 중에 독자는 울어도 작가는 울면 안 된다는 말이 있다. 슬픈 내용을 쓰더라도 작가는 냉정을 잃지 말아야 한다는 뜻인 것 같은데, 솔직히 나는 이미 망했다.

마지막 챕터를 쓸 때부터 코끝이 시큰거렸다. 교정지를 보면서도 후반부로 갈수록 울컥해서 눈에 힘을 주지 않으면 안 됐다. 오래된 친구를 떠나보내는 기분이라서 중학교 졸업을 앞둔 겨울방학처럼 서글프고 헛헛했다. 이 마음을 어떻게 다뤄야 할지 몰라 한동안 방황했는데 모른 척 지나칠 수 없는 마음이란 생각이 든다.

앞으로도 계속 글을 쓰고 싶다.

그러나 새 작품은, 새로운 사랑이 들어올 공간이 마련된 후에 쓰고 싶다. 맹탐정을 쓰며 채웠던 사랑을 조금씩 흘려보내고 싶다. 소중하지만 감당하기 어려운 사랑이라 언제까지나 가지고 있을 수만은 없다.

내 안에서 흘러간 사랑이 이 글을 읽고 있는 당신에게 닿았으면 좋겠다. 많이 주고 싶다. 당신이 감당하기 벅차서 다른 사람에게 흘려보내야 할 만큼, 그렇게 많이.

사랑을 보낸다.

초고를 쓰던 2017년의 나로부터

맹탐정 고민 상담소

❸ 비밀은 새는 중

ⓒ 이선주 2023

1판 1쇄 2023년 12월 14일 | 1판 2쇄 2024년 10월 25일

지은이 이선주 | 책임편집 김지수 | 편집 엄희정 이복희 | 디자인 김성령

마케팅 정민호 서지화 한민아 이민경 왕지경 정경주 김수인 김혜원 김하연 김예진

브랜딩 함유지 함근아 박민재 김희숙 이송이 박다솔 조다현 정승민 배진성

저작권 박지영 형소진 최은진 오서영 | 제작 강신은 김동욱 이순호 | 제작처 영신사

펴낸곳 (주)문학동네 | 펴낸이 김소영 | 출판등록 1993년 10월 22일 제2003-000045호

주소 10881 경기도 파주시 회동길 210 | 전자우편 kids@munhak.com

홈페이지 www.munhak.com | 카페 cafe.naver.com/mhdn

북클럽 bookclubmunhak.com | 트위터 @kidsmunhak | 인스타그램 @kidsmunhak

대표전화 (031)955-8888 | 팩스 (031)955-8855

문의전화 (031)955-3576(마케팅) (02)3144-3242(편집)

ISBN 978-89-546-9731-6 03810

잘못된 책은 구입하신 서점에서 교환해 드립니다. 기타 교환 문의: 031) 955-2661, 3580